D1115592

François Bégaudeau

Entre les murs

Gallimard

François Bégaudeau est l'auteur chez Verticales de deux romans remarqués, *Jouer juste* (2003) et *Dans la diagonale* (2005), et d'une fiction biographique consacrée aux Rolling Stones, *Un démocrate Mick Jagger 1960-1969* (Naïve, 2005). *Entre les murs* (2006) a reçu le prix France Culture-Télérama 2006.

Trois jours avant, j'ai décacheté l'enveloppe d'un index fébrile. Première feuille à peine parcourue, je suis passé à une seconde, noircie par un tableau rectangulaire divisé en une cinquantaine de cases. Les colonnes des lundi, mardi, mercredi et jeudi étaient variablement remplies, et vierge celle du vendredi comme j'en avais fait la demande. Sur le calendrier professionnel joint aux deux feuilles, j'ai compté trente-trois semaines travaillées, qui, multipliées par quatre en soustrayant les dates fériées puis ajoutant une estimation des convocations annexes, produisaient le nombre de jours de présence. Cent trente-six.

Vingt-cinq

Le jour venu, débouchant du métro, je me suis arrêté à la brasserie pour ne pas être en avance.

Au comptoir en cuivre, le serveur en livrée n'écoutait que d'une oreille un quadragénaire dont les yeux à lunettes glissaient en Z sur un article.

— Quinze mille vieux en moins, place aux jeunes.

Les deux cent cinquante mètres restants prendraient deux minutes, j'ai attendu neuf heures moins une pour repartir. À hauteur du boucher chinois, j'ai ralenti le pas pour ne pas rejoindre Bastien et Luc dont les mains se serraient au bout de la rue. Après l'angle, je n'ai pu les éviter qui plaisantaient avec un surveillant devant la grande porte aux battants en bois massif ouverts sur le hall.

— J'avais le vague espoir que tout ait brûlé.

— Il est pas trop tard pour poser une bombe, tu me diras.

J'ai laissé les ricanements derrière moi. Le

chantier estival n'était pas fini, des ouvriers en bleu passaient du préau carrelé à la cour intérieure avec de longues poutres fines sur l'épaule, qu'ils posaient à la verticale contre l'un des murs d'enceinte.

La porte de la salle avait été égayée de bleu. À l'écart des autres, Gilles piétinait autour de la table ovale, un paquet de cigarettes contrarié dans la main.

— Salut.

— Salut.

Répartis dans les fauteuils gris du coin salon, les nouveaux arrivants écoutaient Danièle qui s'efforçait de les décrisper. J'ai pris place dans le cercle irrégulier, un bout de fesse sur la table qui supportait la machine à café. Une de trente ans passés était la plus loquace.

— De toute façon, je savais qu'en rentrant intra-muros, je m'exposais à ça.

Une de trente ans passés a renchéri.

— Intra-muros, faut le dire vite. Ça se joue à rien.

On s'est tu, ils attendaient de voir.

Gobelets dans la poubelle, nous nous sommes transportés vers la salle de permanence où le principal a espéré que les vacances s'étaient bien passées. L'audience a murmuré un oui ostensiblement panaché du regret qu'elles se terminent, le principal a dit eh oui qu'est-ce que vous voulez. Puis s'est éclairci la voix pour changer de registre.

12

— Bien que la moitié d'entre vous nous rejoigne cette année, nul n'ignore qu'il y a des collèges plus reposants que le nôtre. Vous verrez que les élèves ne manquent pas de spontanéité ici. Certains sont même extrêmement spontanés.

Ayant laissé les raclements de gorge relever l'euphémisme, il a invité chacun à se présenter. Nous nous sommes levés à tour de rôle, disant de quel établissement nous arrivions ou depuis quand nous étions ici. Nous étions ici depuis quinze, dix, cinq, deux ans, ou nous arrivions de banlieue. Nous nous prénommions Bastien, Chantal, Claude, Danièle, Élise, Gilles, François, Géraldine, Jacqueline, Jean-Philippe, Julien, Line, Luc, Léopold, Marie, Rachel, Sylvie, Valérie. Nous attendions nos emplois du temps définitifs.

Lorsqu'ils ont été distribués, peu criaient de joie. Nous sommes retournés dans la salle pour consulter les listes des classes qui nous étaient échues. À l'attention du prénommé Léopold, sourcil droit percé d'un anneau, Jean-Philippe, en poste depuis quatre ans, faisait glisser son doigt sur les prénoms d'une classe de cinquième, disant à chaque fois « gentil » ou « pas gentil ». L'autre, trente ans passés, faisait le bilan comptable dans sa tête.

Dico tardait à s'engager dans les escaliers à la suite des autres.

— M'sieur j'veux pas être dans cette classe elle est toute pourrie.

— Pourquoi elle est pourrie ?

— Encore vous prof principal ça s'fait pas.

— Dépêche-toi.

Le gros de la troupe attendait devant une salle du premier étage. Frida avait maintenant les cheveux longs et les lettres rouges de Glamour couchées sur son tee-shirt noir. Ils se sont répartis sur les chaises grinçantes selon les affinités de l'année précédente. Les quatre Chinoises occuperont les deux premiers rangs contre le mur de droite.

— On s'assied et on se tait.

Ils se sont assis et tus.

— Que ce soit clair dès le début de l'année : je veux que quand ça sonne on se range immédiatement. Cinq minutes à rejoindre le rang plus cinq minutes à monter plus cinq autres d'installation, en tout on perd un quart d'heure de boulot. Essayez un peu de calculer ce que ça fait, un quart d'heure de perdu par cours sur toute l'année. À raison de vingt-cinq heures par semaine et trente-trois semaines, ça fait plus de trois mille minutes perdues. Y'a des collèges, sur une heure ils bossent une heure. Ces collèges-là, vous partez avec trois mille minutes de retard sur eux. Et après on s'étonne.

Boucles d'oreilles plastique rose, Khoumba n'a pas levé le doigt pour parler.

— M'sieur y'a jamais une heure, tous les cours ils font, j'sais pas moi, cinquante minutes, jamais une heure. Par'emple ici on commence à huit heures vingt-cinq et le premier cours il finit à neuf heures vingt, ça fait pas une heure.

— Ça fait cinquante-cinq minutes.

— C'est pas une heure, vous avez dit c'est une heure mais c'est pas une heure.

— Oui enfin bon, l'important c'est qu'on perd trop de temps, et là encore on est en train d'en perdre. Prenez une feuille et séparez-la en deux.

Ils ont écrit leur nom, prénom, adresse, et autres informations parfaitement disponibles par ailleurs. Mohammed ne comprenait pas.

— M'sieur pourquoi vous demandez ça ? On a déjà donné les fiches au CPE et tout.

— Oui mais ça c'est pour moi tout seul.

À seule fin de repousser encore le moment d'entrer dans le vif du sujet, j'ai demandé qu'ils fassent leur autoportrait en dix lignes. J'ai écrit le mot à la craie, hésitant pour le trait d'union. Amar a demandé s'il pouvait faire un autopor-trait imaginaire.

— Si tu veux, mais j'aime autant ton vrai portrait.

— On peut commencer par je m'appelle Amar ?

— Si tu veux.

Khoumba n'a pas levé le doigt pour parler.

— M'sieur moi j'vais pas mettre je m'appelle Amar, j'vais mettre je m'appelle Khoumba.

— Tu le fais exprès ?

Elle a dissimulé un sourire en plongeant le nez dans sa feuille, elle avait une pince rouge plantée sur le crâne et on a frappé. Le principal est apparu dans l'encadrement, suivi de l'intendant Pierre et des deux conseillers principaux d'éducation, Christian et Serge. Comme les élèves ne l'avaient pas fait spontanément, il leur a demandé de se lever.

— C'est une façon de dire bonjour à l'adulte qui rentre, c'est tout. Il ne faut pas le prendre comme une humiliation.

Sur la table basse du coin salon, Bastien avait laissé un paquet de gâteaux secs destiné à tous. Danièle s'est servie.

— J't'assure, si tu prends bien le temps d'expirer, à chaque fois tu descends une marche vers le sommeil. Le but c'est de bâiller. Je le sais, j'ai fait de la sophrologie à une époque. Avant je dormais deux heures par nuit, maintenant je deviendrais presque hypersomniaque.

À son tour, Line a plongé la main dans le paquet éventré.

— Et le mal de dos, t'as quelque chose ?

— Sophrologie, pareil.

— Parce que moi le dos c'est pas possible.

— Moi ça serait plutôt les migraines.

— Sophrologie, j'te dis.

Un bébé chauve souriait, scotché au recto du casier ouvert de la prénommée Élise qui examinait à nouveau son emploi du temps.

— Trois heures le vendredi après-m', merci.

— Moi pareil le jeudi.

— Oui mais le jeudi c'est quand même mieux.

— Oui mais commencer à huit heures le lundi, faut y aller.

— Oui mais au moins les gamins ils dorment, c'est plus calme.

La prénommée Géraldine se tenait droit, parallèle à la femme à l'ombrelle peinte en arrière-plan.

— Quelqu'un sait faire le recto verso sur la photocopieuse ?

Bastien a parlé au nom de tous.

— Heu, personne sait, mais y'a des gâteaux si tu veux.

— Ça a sonné ?

Le demandant, Line savait très bien que oui. Danièle aussi.

— Tu dors mieux ça change tout.

Ils me jaugeaient en silence. J'affectais de ne pas sourire.

— Donc voilà, vous faites votre autoportrait. Vous avez dix lignes et cinq minutes.

Un garçon crâne rasé a levé le doigt. Grâce à la feuille repliée en équilibre vertical à l'angle de la table, j'ai pu l'identifier comme Souleymane.

— Pourquoi on fait ça ?

— Je le fais faire à toutes mes classes.

— Ça sert à rien.

— Ça sert à vous connaître.

Et à gagner du temps en début d'année.

— Mais vous on sait rien sur vous.

J'ai écrit mon nom au tableau. Ils l'ont copié sur leur carnet de correspondance. J'ai reculé de trois pas pour voir si c'était bien droit. Ce faisant, je ne pensais à rien. Du prénommé Tarek, lettres au marqueur bleu sur la feuille repliée, le bras s'est levé.

— M'sieur vous faites beaucoup de dictées comme prof ?

— Qu'est-ce que tu m'conseilles ? D'en faire beaucoup ou pas beaucoup ?

— J'sais pas moi, c'est vous le prof.

— Dans ce cas, j'y réfléchirai.

Un petit brun au premier rang s'était déjà retourné trois fois. Après un coup d'œil sur la feuille repliée, j'ai pu l'interpeller par son prénom.

— Mezut, c'est moi qu'on regarde.

Il n'a pas semblé entendre.

— Mezut, c'est moi qu'on regarde oui ou non ?

Il a murmuré un oui pas convaincu.

— Tu viendras me voir à la fin de l'heure.

Pas de feuille au coin de la table du troisième rang où somnolait un polo jaune en satin que j'ai avisé.

— Comment je fais pour t'adresser la parole, toi là-bas ? Comment je vais t'appeler ? J'vais t'appeler Quatre-vingt-quatorze ?

— Ça c'est pas mon prénom m'sieur. Mon prénom c'est Bien-Aimé.

— Ah bon, parce que moi j'me suis dit il a pas mis son nom en coin de table parce que c'est déjà écrit sur son polo.

— Rien à voir m'sieur.

— C'est quoi, alors, quatre-vingt-quatorze ?

— J'sais pas moi, c'est un chiffre.

— Tu veux dire un nombre.

— Oui c'est ça, un chiffre.

La sonnerie a fait l'effet d'un pétard dans une volière assoupie. Je surveillais du coin de l'œil Mezut qui se demandait si j'avais oublié ou non, mais a préféré ne pas prendre le risque et s'approcher en silence, déposant d'abord son autoportrait à côté de mon carnet d'absences.

— Tu vas être comme ça toute l'année ?

Sa tête baissée cachait je ne savais quelle mine.

— Je t'écoute. Tu vas être comme ça toute l'année ?

— Comme ça comment ?

— Comme ça genre je me retourne sans arrêt, et je souris bêtement quand on me parle.

— Y'a quelque chose j'avais pas compris.

— Tu vas être comme ça toute l'année ?

— Non.

— Parce que si t'es comme ça toute l'année, ça va être la guerre et c'est toi qui vas perdre. Soit c'est la guerre et ça va être un cauchemar pour toi, soit tu fais les choses bien et ça se passera bien, bonne fin de journée.

— Merci. Au revoir m'sieur.

Géraldine noircissait de noms d'élèves son cahier de notes.

— Tu les as déjà vus les troisième 3 ?

La question était adressée à Léopold qui surfait sur un site gothique et ne s'est pas retourné.

— Oui, une fois.

— Alors ?

— Alors ça va.

— Ouais, moi pareil, mais bon attendons de voir.

Masquée, une amazone vêtue d'une combinaison cuir intégrale invitait l'internaute à la rejoindre dans le sous-monde.

— Et toi, la cinquième 1 tu l'as eue ?

— Une fois.

— Alors ?

— Alors ça va.

— Ouais moi pareil, mais bon j'attends de voir. Y'a des collègues qui s'en plaignent déjà.

Line a élevé la voix au-dessus du duplicateur qui crachait à grande vitesse une caricature de Don Quichotte. D'une feuille à l'autre, c'était toujours le même.

— Je sais pas si j'ai le droit de leur passer des séries télé, aux élèves.

Personne ne s'est proposé d'éclaircir le point juridique soulevé.

— En fait, j'aimerais bien leur passer Hasta Luego. C'est une série sur la six.

Géraldine reparcourait la liste de troisième 3 en calculant la proportion de filles.

— Nous on a pas la six.

— C'est vachement bien comme série.

— Ni la six, ni la une.

— C'est un peu bébête, mais justement ça pourrait leur plaire aux gamins.

— L'autre jour mon beau-père était là en week-end, il a voulu regarder les infos sur la une, on lui a dit désolé mais là ça va pas être possible.

Valérie a provoqué un courant d'air pas content.

— Putain, c'est inadmissible de supporter ça. Vous les avez déjà eus les cinquième 1 ?

— Une fois.

— Parce que moi c'est des fous furieux. Premier cours, j'ai déjà fait trois fiches incident.

Line avait calé sous son bras un gros appareil à cassettes.

— Justement, c'est avec les quatrième 2 que j'voudrais faire Hasta Luego. Quelqu'un les a vus déjà ?

— Oui, une fois.

— Alors ?

— Alors ça va.

— Ouais, moi pareil, mais bon j'attends de voir.

Petite feuille grands carreaux. Je m'appelle Souleymane. Je suis plutôt calme et timide en classe et à l'école. Mais dehors je suis une autre personne : exité. Je ne sors pas beaucoup. Sauf pour aller à la boxe. Je voudrais réussir ma vie dans la clim plus tard et surtout je n'aime pas la conjugaison.

Petite feuille grands carreaux perforée. Khoumba c'est mon prénom mais je ne l'aime pas beaucoup. J'aime le français sauf si le professeur est nul. Les gens disent que j'ai un mauvais caractère, c'est vrai mais ça dépend comment on me respecte.

Feuille de cahier de brouillon. Djibril c'est mon prénom. Je suis malien et je suis fièr car cet année le Mali va participer à la coupe d'Afrique. Ils tombent avec la Libi, l'Algérie et le Mozam-

22

bic. J'aime bien mon collège car les profs laisse faire sauf quant on est tro agité. C'est dommage je le quitteré à la fin de l'année car je suis en troisième.

Grande feuille perforée petits carreaux. Je m'appelle Frida, j'ai 14 ans et ça fait aussi le même nombre d'années que je vis à Paris avec mon père et ma mère. Je n'ai ni frère ni sœur mais beaucoup d'amies. J'aime la musique, le cinéma, le théâtre et la danse classique que je pratique depuis dix ans. Plus tard je voudrais être avocate car je pense que c'est le meilleur métier du monde et que c'est génial de défendre les gens. Niveau caractère je suis très gentil et agréable à vivre, mais mes parents ils disent que je réfléchis trop. Par contre je suis parfois lunatique et je pense que c'est parce que je suis née sous le signe des Gémeaux.

Petite feuille grands carreaux arrachée d'un cahier. Je m'appelle Dico et j'ai rien à dire sur moi car personne me connaît sauf moi.

Feuille d'agenda arrachée, lignes horizontales sans carreaux. Je m'appelle Sandra et je suis un peu triste de revenir à l'école mais aussi contente car j'aime bien l'école, surtout le français et l'histoire, quant on apprend comment les humains ont construit le monde dont nous vivons aujourd'hui. J'aurai encore plein de choses à dire mais vous allez bientôt ramasser ma feuille car j'ai voulu trop bien faire et j'ai commencée à écrire que il y a deux minutes excusez moi pour les faute.

Feuille petits carreaux arrachée d'un cahier à spirale. Tony Parker est le meilleur basketeur. C'est pour sa il joue en amérique. Il est petit mais il court vite et il fait des magnifiques shoots à 3 pts. Mais en fait il est grand. Quant il ai a coté du journaliste, s'est le journaliste qui ai petit. Signé : Mezut.

Petite feuille perforée grands carreaux. Je m'appelle Hinda, j'ai quatorze ans et je suis heureuse de vivre. Plus tard je voudrais être institutrice. J'aimerais être en maternelle, comme ça il y a moins de travail, une feuille et un feutre ça les occupe toute la journée. Non, je rigole, c'est juste que j'aime beaucoup les enfans et aussi les livres d'amour.

Petite feuille grands carreaux. Je m'appelle Ming. J'ai quinze ans, je suis un chinois. J'habite au 34, rue de nantes 75 019 avec mes parents et j'allais à l'école avec mes copains, je suis en Quatrième 2 et c'est un peu difficile pour moi comme je ne parlais pas très bien français. Mes bien points est je suis gentille et travailleur. Mes mauvaises points est je suis curieux.

Demi-feuille Canson. Je m'appelle Alyssa, j'ai treize ans et des problèmes au genou car j'ai grandi trop vite. Le français je ne sais pas encore ce que j'en pense. Des fois je l'aime, et des fois je trouve ça totalement inutile de se poser des questions qui n'ont pas de réponse.

Je voudrais être médecin humanitaire car un jour un médecin humanitaire m'a parlé de son métier et j'ai su que c'était ça qu'il faut faire. J'en dis pas plus, je vous laisse juger par vous-même.

J'errais entre les tables, posant sans regarder mes yeux sur les cahiers masqués par les coudes à mon passage. Je m'ennuyais.

— Bon allez on corrige. Donc, une phrase avec « après que ». Hadia qu'est-ce que tu nous proposes ?

Boucles d'oreilles en plastique noir tachetées de cœurs roses.

— Après qu'il soit allé à l'école, il rentra chez lui.

Ayant noté au tableau sur sa dictée, je me suis reculé.

— Bon, c'est quoi le problème ici ?

Los Angeles 41 se lisait sur le sweat d'Hadia demeurée coite.

— Hier j'ai dit qu'après « après que » on met l'indicatif. Pourquoi ? Parce que le subjonctif exprime des choses hypothétiques, des actions pas sûres. Par exemple, Mezut ? Si tu veux bien regarder vers ici.

— J'ai pas compris la question, m'sieur.

— Commence par l'écouter, tu verras c'est plus simple. Cynthia ?

Pink brodé en rose sur tee-shirt noir.

— Il faut que j'aille, heu, il faut que j'aille à l'école.

— Très bien. Quand on utilise « après que », c'est que l'action a eu lieu puisqu'on est après, donc on met l'indicatif. Donc là comment on va faire ? Cynthia encore.

Pink.

— Euh. Après qu'il alla à l'école, il rentra chez lui.

Je notais à mesure au tableau.

— Bon, tu as mis l'indicatif, c'est bien. Le seul petit truc, et c'est la deuxième chose qui allait pas dans la phrase d'Hadia, c'est qu'en fait on utilise pas le passé simple dans ce cas-là. On utilise plutôt le passé composé, donc ça donne ?

Pink.

— Euh... après qu'il est allé à la piscine, il rentra.

— Oui mais non. Il faut le mettre partout, le passé composé.

— Euh... après qu'il est allé à la piscine, il a rentré.

— Attention à l'auxiliaire, être et avoir c'est pas la même chose.

— Euh... après qu'il a allé.

— Non ! attention !

— Euh...

— Tu le tenais bien.

— Euh... Après qu'il est allé à la piscine il est rentré.

— Voilà.

C'est à ce moment qu'Alyssa s'est dressée.

— Mais m'sieur, c'est pas obligé l'action elle est déjà faite quand on utilise après que.

Merde.

— Qu'est-ce que tu veux dire ?

— Ben par'emple si je dis il faudra que tu manges après que... après que j'sais pas, à ce moment-là ça veut dire le gars il a pas encore fait, alors là on utilise le subjonctif normalement.

— C'est vrai que dans ce cas-là on pourrait utiliser le subjonctif, mais en fait non. Dans ce cas, on utilise un drôle de temps qui s'appelle le futur antérieur. Après que tu auras fait du sport, il faudra que tu manges.

— C'est pas logique.

— On peut dire ça, oui, mais tu sais cette règle avec « après que » personne la connaît et tout le monde fait la faute, alors c'est pas la peine de trop se casser la tête dessus.

J'avais mal dormi, ils dormaient. La porte s'est ouverte sans frapper et Sandra a été là, et les murs ont bougé.

— Bonjour.

C'était un bonjour qui a plus urgent à faire que d'excuser un retard, déjà elle était en route pour le fond de la salle, dépassant en trombe sa place habituelle à côté d'Hinda qui ressemblait à je ne sais plus qui et avait l'air triste aujourd'hui, pétillance éteinte de ses beaux yeux noirs. Sandra a jeté son sac sur la table que Soumaya occupait seule au dernier rang et s'est assise sous le poster Holidays in Ireland.

— Pourquoi tu changes de place comme ça ?
— Parce que, m'sieur.
— Évidemment, expliqué comme ça tu m'as convaincu.
— J'peux pas vous dire m'sieur.
— C'est un dossier classé secret défense ?
— C'est-à-dire m'sieur ?
— C'est-à-dire que c'est un secret d'État ?
— Un secret d'État c'est-à-dire m'sieur ?
— C'est-à-dire un secret très très secret.
— Voilà.

Ils avaient à rédiger un aphorisme en utilisant le présent de vérité générale. Gibran pouffait de je ne sais quoi derrière sa main, en écho d'Arthur qui pouffait de je ne sais quoi derrière sa main.

— Gibran, je t'écoute.
— Quoi m'sieur ?
— J'écoute ton aphorisme.
— Mon quoi, m'sieur ?
— Ton aphorisme.

— J'sais pas c'est quoi, m'sieur.

— C'est ce que tu avais à faire pour aujourd'hui.

On a frappé et Mohammed-Ali est entré, Trendy 89 Playground.

— J'ai dit d'entrer ?

— Non m'sieur.

— Et tu rentres quand même ?

— Vous voulez que j'ressorte m'sieur ?

— Non non c'est bon. Tu as un mot ?

— Ben non m'sieur, parce que j'me suis dit comme quoi c'était pas la peine de prendre encore plus de retard en s'arrêtant chez les surveillants et tout.

— Et pourquoi t'es en retard ?

— C'est mon ascenseur, m'sieur.

— Il est lent ?

— Non, m'sieur, il s'bloque tout le temps.

— Ça a dû être terrible.

— Non, ça va, c'est tranquille.

Zineb levait le doigt depuis deux minutes. Bandana rose en fichu, boucles d'oreilles plastique même couleur.

— J'peux dire mon aphorisme ?

— Vas-y.

— J'suis pas sûre c'est bon.

— Vas-y.

— J'vous préviens j'suis pas sûre c'est bon.

— On t'écoute.

— Ce qui ne te tue pas te rend plus fort.

— Très bien.

Mohammed-Ali venait à peine de s'asseoir, Trendy 89 Playground.

— Moi m'sieur j'suis pas d'accord. Par'emple vous vous cassez les deux jambes, eh ben vous êtes pas mort mais vous êtes moins fort.

— Le mieux c'est de rester dans un ascenseur bloqué, comme ça il arrive rien.

Hinda a levé un doigt et ses yeux éteints.

— Oui?

— Trahir un ami c'est comme si on se trahit.

Exclamation outrée, fissures dans les murs, Sandra.

— T'es mal placée pour le dire.

Soumaya faisait l'écho.

— T'as qu'à commencer par toi, on verra après.

Hinda ressemblait à je ne sais plus qui et ne daignait pas entendre leurs invectives.

— D'autres propositions?

Sandra, Vacances en Irlande.

— Respecte les autres comme tu aimerais qu'ils te respectent.

— On se tutoie?

— Non, c'est l'aphorisme.

— J'préfère.

Comme il se doit, Fangjie et Ming partageaient une table. J'avais remarqué leurs noms sur la liste sans me demander l'état de leur francophonie. Maintenant je me le demandais, craignant de les interroger et qu'ils se contractent d'incompréhension comme un hérisson prisonnier d'une main. J'ai attendu le premier exercice pour tendre le cou au-dessus de leurs épaules. Les phrases étaient ni plus ni moins correctes que celles des autres, mais c'était de la grammaire, il se pouvait qu'ils transcrivent mécaniquement.

Pendant la correction, parvenant à leur table après un tour de la classe, il a fallu que je me lance. Ming avait l'air moins paniqué. Il a lu la phrase avec un fort accent, a buté sur « alourdissaient » mais a su identifier les temps verbaux.

Vers la fin de l'heure il s'est même porté volontaire pour relever les verbes à l'imparfait. Il s'est arrêté sur « était tombé ». J'ai choisi de ne pas lui objecter que le participe à la suite en faisait un auxiliaire et non le verbe à proprement parler, pariant sur le silence des autres. Personne ne s'est manifesté, mais je n'osais crier victoire car Frida avait les cheveux tirés en arrière et des petits yeux finauds.

— Monsieur, c'est pas vraiment un verbe, c'est l'auxiliaire. Derrière y'a « tombé », donc c'est plutôt le verbe tomber que le verbe être.

— Oui mais être on le conjugue même quand il est auxiliaire, donc on peut le considérer comme un verbe.

— Alors c'est le verbe tomber ou le verbe être ?

— C'est un peu les deux.

— C'est ce qu'on appelle un dilemme, sauf que là c'est hypertragique parce que des deux côtés on est perdant. D'un côté vous avez l'existence, et l'existence c'est quoi ? La maladie, la souffrance, la mort des proches, enfin c'est beaucoup d'autres choses mais il y a tout ça qu'il faut subir. Et de l'autre côté, eh ben c'est la mort, c'est-à-dire le néant, en tout cas pour ceux qui ne croient pas en Dieu. En gros, soit vous souffrez, soit vous mourez, sachant qu'au bout du compte il faudra quand même passer par les deux. Voilà, en gros c'est ça to be or not to be. Être souffrant ou ne pas être, c'est-à-dire mourir. J'ai répondu à ta question, Lydia ?

Mohammed lui a épargné un mensonge poli.

— M'sieur, vous préférez être ou ne pas être ?

— C'est la question.

— Moi j'préfère être.

— T'as bien raison, mais on va continuer la leçon.

À titre d'exemple de présent à valeur de futur proche, j'avais écrit « Bill part demain à Boston ». Djibril a pris la parole sans la demander,

Adidas 3 écrit en petit sous un écusson triangulaire au sein gauche.

— Pourquoi c'est toujours Bill ou des trucs comme ça?

— On lève le doigt quand on veut intervenir. Il l'a fait.

— Pourquoi c'est toujours Bill ou des trucs comme ça? Pourquoi c'est jamais, j'sais pas moi, Rachid ou quoi que ce soit?

J'étais vexé que ma stratégie d'esquive du problème n'ait pas été gratifiée.

— Si je commence à vouloir représenter toutes les nationalités au niveau des prénoms, j'vais pas m'en sortir. Mais bon on va mettre Rachid, pour faire plaisir à Djibril.

Au fond de la classe une voix non identifiée a marmonné c'est nul comme prénom Rachid, mais ma main avait déjà effacé Bill et formait en s'appliquant les lettres de Rachid. Rachid part demain à Boston.

Gilles a laissé tomber une pastille plate dans un verre d'eau. Aux prises avec le duplicateur, Sylvie a dit

— t'as l'air fatigué.

— Ouais, j'sais pas.

Il a hésité à développer, pressentait que ça l'accablerait davantage, a développé quand même.

— C'est les quatrièmes. Ils commencent à me...

Pour compléter, il s'est pincé deux fois la pomme d'Adam entre le pouce et l'index. Léopold avait une rangée d'anneaux à la crête de chaque oreille.

— Attends, si tu voyais les cinquième 1 !

Élise était d'accord.

— C'est des dingues, j'te jure. J'ai fait quatre fiches incident ce matin. Moi si ça continue ça va être fini. L'année dernière j'suis tombée à 7 de tension, j'ai pas envie que ça recommence, merci.

Marie récupérait pour la troisième fois sa pièce inefficace au bas de la machine à café.

— Quelqu'un aurait la monnaie sur cinquante centimes ?

La pastille effervescente a commencé à se dissoudre dans le verre de Gilles.

— Y'a aussi des sacrés cas en quatrième. Hadia par exemple c'est invivable.

Jean-Philippe a souri depuis le coin salon.

— Tu sais ce que ça veut dire Hadia en arabe ? Ça veut dire noblesse silencieuse.

Gilles a avalé d'un trait le liquide désormais gazeux. Bastien lui a demandé s'il voulait un

— gâteau sec avec ?

— T'façon ça changera rien.

Valérie avait ouvert un magazine coloré sur ses genoux, sur quoi louchait Claude assis à côté.

— Moi je suis scorpion, c'est-à-dire que je suis

assez relâchée, tu vois, et en même temps assez caractérielle.

— Moi j'suis gémeaux.

— Aïe. Quel ascendant?

— Ascendant lion.

— Ah ouais, t'as ton petit caractère quand même.

— Pourquoi?

— Normalement c'est ça, ascendant lion, c'est des susceptibles.

— Ah bon? Remarque, toi, scorpion, attention.

— Attends, les scorpions ils sont purs.

— Mouais.

— Donc gémeaux, toi?

— Ouais.

— Moi les gémeaux...

— Quoi les gémeaux?

— Ben les gémeaux, ils sont pas très... pas très francs du collier... Ils sont là ils frétillent tu vois, c'est pas très naturel.

— C'est les poissons qui frétillent.

— Non, tu vois les gémeaux ils sont un peu à double face, tu vois. Non? T'es pas à double face, toi?

— Si si, j'suis prof d'anglais le jour et serial killer la nuit.

Les nuques ne bronchaient pas. La conseillère d'orientation psychologue détaillait les parcours possibles après la troisième, émaillant son exposé de questions qui, ponctuées de réponses anonymes et laconiques, la convainquaient à tort de la science de son auditoire et l'autorisaient à compléter à mesure le schéma ébauché au tableau.

— Vous avez deux grandes familles de secondes, la seconde professionnelle et la seconde générale et technologique. Bon, la seconde professionnelle pourquoi elle s'appelle professionnelle ?

— Parce que c'est pour travailler.

— Très bien, c'est ça, elle permet d'accéder plus vite au monde professionnel. Si vous voulez, on y enseigne quelque chose qui est davantage du domaine du savoir-faire.

Aucun n'a demandé ce qu'était le savoir-faire.

— Par exemple, en BEP secrétariat on apprend comment rédiger une lettre, alors qu'en première STT on fera quelque chose qui est plus du domaine du droit économique.

Aucun n'a demandé ce qu'était le droit économique. Au dos du maillot assoupi de Djibril, les lettres de Djibril s'arrondissaient en demi-cercle au-dessus d'un 5 imposant. Dianka et Fortunée s'amusaient de je ne sais quoi aperçu à travers la vitre. Les autres avaient des attitudes d'écoute.

— À la fin de l'année, il faudra faire un dossier d'inscription pour le lycée que vous aurez choisi, enfin, que vous aurez choisi en fonction de ce qui est possible. Pour le choix, vous savez c'est comme les abscisses et les ordonnées, avec en abscisse ce que vous voulez faire et en ordonnée ce que vous pouvez faire. En gros, il faut trouver le compromis entre désir et réalité.

Elle a écrit au tableau les deux mots, en les séparant d'un slash.

— Une fois que vous avez trouvé le bon compromis, c'est le principal de votre collège qui entérine le choix du conseil de classe, et après c'est à vous de faire les démarches complémentaires.

Aucun n'a demandé entérine. La conseillère a distribué des fiches vertes à remplir sur-le-champ. Désir/Réalité. J'ai quitté le fond pour écumer les rangs. Huang ne savait par quel bout commencer. Nerveusement, il a commencé à renseigner le questionnaire. En face de profession de la mère, il a écrit mécanicienne en textile.

— Sur vingt-quatre copies, deux seulement ont à peu près compris l'expression « sens de l'existence ». Qu'est-ce que ça veut dire le sens de l'existence ?

Frida, Love Me Twice en noir sur tee-shirt rose.

— Ça veut dire à quoi on sert.

— On lève le doigt quand on veut parler. Et alors, à quoi on sert ?

Les quatre garçons du fond n'écoutaient pas.

— Kevin ça t'intéresse pas le sens de l'existence ?

— Quoi ?

— On dit pas « quoi ».

— Comment ?

— Ça a pas l'air de t'intéresser le sens de l'existence.

— Si.

— C'est quoi, alors ?

— J'sais pas moi.

— Dans ce cas, écoute les autres et tu sauras. Frida, est-ce que tu peux nous dire comment on donne un sens à l'existence ?

Frida ne cherche pas, elle trouve.

— J'sais pas moi, par'emple si on croit en Dieu et tout.

— Bien, très juste. Les gens qui croient en Dieu, c'est une manière de donner du sens à l'existence. Et ceux qui croient pas, ils font comment ?

Les quatre du fond n'écoutaient pas.

— Kevin, qu'est-ce qu'on dit à ceux qui pensent qu'on ferait mieux de s'tirer une balle tout de suite ?

— J'sais pas moi.

— On les laisse faire ?

Lydia a parlé sans lever le doigt.

— Le sens c'est aider les autres aussi.

— On lève le doigt quand on veut parler. Les aider comment, Lydia ?

— J'sais pas moi, leur donner à manger.

— Oui c'est ça, c'est bien, on peut par exemple se rendre utile par ce qu'on appelle l'engagement humanitaire, des choses comme ça. Et comment, sinon ?

Elle a souri.

— Leur apprendre des choses.

— À qui ?

— Aux autres gens.

— Donc un prof sa vie a du sens ?

— Ben oui, parce qu'il a une mission et tout.

— Tu veux dire qu'on l'a mis sur terre pour ça ?

— P't'êt. J'sais pas.

Rangée de gauche, premier rang, Dico est sorti de son silence distant.

— N'importe quoi, l'autre. Eh m'sieur est-ce que vous à la naissance vous vouliez être prof ?

— Non. À deux ou trois ans seulement.

Se retournant vers Lydia.

— Mais ouais, voilà, c'est n'importe quoi ce qu'elle dit l'autre.

Au début de l'heure d'aide au travail personnel, je leur ai demandé de lire la page du jour de leur agenda. Assez moche, Sofiane a commencé à lire la consigne d'un travail d'arts plastiques. Sa voix peu assurée était mal audible, mais il en ressortait que les devoirs avaient été mal notés, comme j'entendais le démontrer. Je lui ai fait répéter l'énoncé, dont elle enjambait systématiquement un des termes. Irritable du lundi, j'ai cueilli sèchement l'agenda. Le terme occulté, coincé entre « imaginer » et « crédible », était effectivement illisible. Youssouf, Unlimited 72, l'a déchiffré comme « scénario ». Je me suis tourné à nouveau vers Sofiane.

— Comment ça se fait que Youssouf a écrit scénario et pas toi ?

— J'sais pas.

— Scénario, c'est un mot qu'tu connais, quand même ?

— Non.

— Ah tu connais pas ce mot ? Les autres, vous savez bien ce que veut dire scénario, quand même ?

Nul n'avalisait cette certitude.

— Scénario ? Quand même ?...

Yelli a fini par remuer des lèvres hésitantes.

— C'est un peu comme l'histoire.

— Bien. C'est ça, c'est l'histoire, c'est pas les images. Avant de tourner un film, le metteur en scène a une sorte de livre grand comme ça, avec marqué dedans ce que les personnages font et ce qu'ils disent. Donc « imaginez un scénario crédible », ça veut dire quoi ? Qu'est-ce qu'elle voulait que vous fassiez, votre prof ?

Même Yelli ne bronchait plus. Mes pieds s'enfonçaient dans l'estrade.

— Crédible ça veut dire quoi ?

Mody aurait bien aimé savoir, et lever le doigt, et le dire. Faute de quoi, il jetait des mots aux enchères.

— Intéressant ? Sage ? Sérieux ?

— Oui c'est ça, c'est un peu comme sérieux mais en plus précis. Crédible, ça vient du verbe croire, ça veut dire quelque chose qu'on peut croire. Par exemple, si Mody arrive en retard et qu'il me raconte qu'il a dû neutraliser un troupeau de martiens jaillis de son lavabo, moi je vais lui dire ton excuse Mody elle est pas crédible. Par contre, s'il me dit qu'il s'est réveillé en retard, je vais peut-être pas le croire mais disons qu'on pourrait le croire, donc c'est crédible. Donc, « imaginez un scénario crédible » tout le monde comprend maintenant ?

Quelques têtes ont fait un oui à peine distinct d'un non.

— Ce que vous aviez à faire, c'était imaginer une histoire, mais sans tomber dans le délire, genre hier je me suis réveillé j'avais huit jambes et je me suis caché dans un champignon pour manger des oreilles de pingouin à la mayonnaise. En fait je pense que votre prof elle avait peur du n'importe quoi, c'est tout, et c'est pour ça qu'elle a demandé quelque chose de crédible. Voilà, c'est ça qu'il y avait à faire pour aujourd'hui, mais si vous avez rien compris comment vous avez fait pour le faire ?

Encore vide à l'heure prévue, la salle de permanence réagencée pour la circonstance s'est emplie lentement. Certains ont continué à prendre place autour du U de tables au sommet duquel le principal avait déjà ouvert les débats.

— Si tout se passe comme la loi le prévoit, les étrangers primo-arrivants passent d'abord dans une classe de français intensif, puis dans une classe d'accueil et ce n'est qu'à ce moment qu'ils intègrent un collège lambda, avec la possibilité de suivre un cours de français langue seconde ou de français langue étrangère.

Marie avait pris un tour de parole que nul ne lui disputerait.

— Est-ce qu'il y a une structure prévue pour les non-francophones qui ne sont pas chinois ? J'ai un cas comme ça en sixième.

Une grimace soucieuse a défiguré le principal.

— Le problème c'est qu'il y a peu de place, on est obligé de voir les priorités. Si vous en trouvez dix comme cet élève, on pourra constituer une classe. D'ici là, on fait avec les plus nombreux, et, voyez votre géographie, ce sont les Chinois.

Indifférente à cette virgule humoristique,

Marie s'est replongée dans sa correction de copies. Claude ne s'en était pas détourné. Juste à côté, Léopold, trois anneaux par sourcil, a ouvert un classeur sur une page poster où une vamp ouvrait de grands yeux maquillés à la suie.

— C'est qui ?

Il a chuchoté un nom italien.

— C'est quel genre ?

— Métal.

— Ça existe le métal italien ?

— Oui oui, son groupe est un des meilleurs en Europe.

Le principal n'avait pas cessé de parler.

— Ce que je propose, c'est qu'un membre de chaque équipe pédagogique repère dans l'emploi du temps la journée où les élèves risquent d'avoir le cartable vraiment chargé, et voient ce qu'on peut faire pour l'alléger.

Cela intéressait Valérie, Claude et Danièle.

— Déjà il faudrait faire qu'ils en ramènent pas plus qu'il en faut.

— Il faudrait leur apprendre à apporter que le nécessaire.

— Il faudrait qu'il y ait un jeu de manuels disponible dans les classes.

Léopold relisait les paroles de chanson qu'il avait recopiées en lettres gothiques au dos du classeur.

— Ça parle de quoi ?

— C'est une lettre laissée avant un suicide.

— Elle s'est suicidée la chanteuse ?

— Ben non, puisqu'elle chante.

— J'suis con.

Le principal n'avait pas cessé de parler.

— L'avantage du système de points, c'est celui du permis voiture : l'élève sait quand la sanction va tomber et c'est une incitation à se calmer. Le désavantage, c'est celui du permis voiture : tant qu'il reste des points, il peut y aller presque impunément. Il faudrait peut-être inventer une sanction qui lui fasse perdre tous les points d'un coup, mais dans ce cas autant pas d'histoire de points du tout, enfin c'est compliqué.

Forçant sur sa voix douce, il haussait le volume pour surmonter des apartés qui l'étaient de moins en moins. Sans conviction, il a encore ouvert une ou deux pistes de réflexion, puis a proposé une pause avant qu'on se répartisse en groupes pour jeter les bases d'un projet d'établissement. La proposition a fait l'effet d'un sifflet dans un poulailler. Silence subit d'abord, puis chaises repoussées en arrière par des jambes lourdes qui ont quitté la salle.

Aux toilettes, Jacqueline et Chantal se partageaient le lavabo.

— On en a pour jusqu'à quelle heure, à ton avis ?

— T'façon j'ai mes p'tits à prendre à l'école.

— Merde, y'a plus de serviette.

Je me suis dirigé vers le fond du couloir. Les agents avaient déserté leur réduit. J'ai chipé un sucre et ouvert les portes du placard métallique en quête d'un torchon.

— Ça commence par 1.

Je me suis retourné vers la porte d'où semblait venir cette voix précieuse. Mais l'homme se trouvait à l'opposé, à contre-jour de la fenêtre surexposée au soleil. Une ombre.

— Compter jusqu'à 100, ça commence par 1. Si 1 manque, le compte n'est pas bon.

Je n'avais jamais entendu cette voix sans âge.

— 1 ne promet pas 100, mais pas de 1, pas de 100.

Il a sorti un torchon rayé bleu de la case supérieure du placard et me l'a posé sur le torse.

— Un, deux, trois, quatre, cinq, six, sept, huit, neuf, dix, onze...

Regagnant la salle de permanence, ça comptait encore dans mon cerveau. Dépeuplé, le U attendait qu'un premier retour de pause en entraîne d'autres. En reprenant place, un gobelet de chocolat à la main, vingt et un, vingt-deux, vingt-trois, Line m'a demandé en ricanant muettement ce qu'était un projet d'établissement.

— Il faut définir les grandes lignes et proposer des actions qui vont avec.

Vingt-neuf, trente, on revenait au compte-gouttes, surjouant l'inintelligence de la situation.

— Qu'est-ce qui faut qu'on fasse ?

— Qu'est-ce qu'on est censé se dire ?

Trente-quatre, trente-cinq, se rasseyant à son

tour Géraldine a proposé d'être la rapportrice de la séance. Rachel a lancé la discussion.

— Moi je propose un projet sur les incivilités. Ils arrêtent pas de s'envoyer des insultes dans la tête, faudrait punir systématiquement.

— Il faudrait photocopier le Dictionnaire du parfait sauvageon et leur imposer de traduire à chaque fois.

— C'est quoi?

— C'est un truc qui répertorie les expressions de la banlieue et qui te donne l'équivalent. Par exemple tu dis faquin à la place de bâtard.

Claude n'a pas ri ni renchéri, affrontant comme un vent de face la tendance générale.

— Le gros problème, on est tous d'accord, c'est les cinquièmes. C'est avec eux qu'il faut faire quelque chose.

Gilles a parlé pour la première fois de l'après-midi.

— J'suis désolé mais on paye les conneries de l'an dernier. L'an dernier en sixième ils foutaient déjà le bordel, il aurait suffi de deux ou trois conseils de discipline pour les calmer.

Bastien a avalé à la hâte son gâteau sec et pris la parole sans la demander à Géraldine censée la distribuer.

— En plus, c'est comportement caillera typique, ils te défient en permanence.

Valérie a pris la parole sans la demander à Géraldine censée la distribuer.

— Quand même, tu t'aperçois que les types

qui foutent la merde c'est qu'ils comprennent rien, ce qu'il faudrait c'est les prendre à part et reprendre tout à zéro avec eux.

Un, deux, Gilles a doublé d'un coup son nombre d'interventions.

— Je suis désolé mais dans les pénibles t'en as plein qui sont pas mauvais du tout.

— Ouais, mais les autres non.

Pour conclure cette journée de réflexion, le principal offrait le champagne. Nous n'étions plus qu'une douzaine, treize, quatorze, quinze. Expulsé dans les règles de l'art, le bouchon de la première bouteille est venu rebondir contre le mur, puis il gisait sous une table.

Dianka riait de je ne sais quoi avec Fortunée, un genou apparent au-dessus de la table et Life Style sur son débardeur. Elle a fait la sourde à ma première interpellation. J'ai élevé la voix.

— Tiens-toi mieux, j'ai dit.

Elle s'est mollement exécutée.

— Mieux que ça.

Elle s'est raidie ironiquement.

— On t'écoute.

— Quoi?

— On t'écoute, j'ai dit.

Elle hésitait à feindre plus longtemps de ne pas comprendre. Chaque seconde était une brique qui l'emmurait dans son jeu. Sa voisine a murmuré je ne sais quoi qui l'a fait sourire.

— OK, tu viendras me voir à la fin de l'heure. Amar, phrase 5 on t'écoute.

— Les chameaux boivent peu d'eau.

— Alors, c'est quoi ce présent?

— Vérité générale.

— Oui, c'est une vérité générale parce qu'on ne peut pas la contester.

Khoumba n'a pas levé le doigt, perles rouges au bout des tresses.

— M'sieur y'a des chameaux ils boivent.

— Oui, mais peu.

— Plus que les hommes.

— En proportion seulement.

— Donc c'est pas une vérité générale.

— Si.

— Vous avez dit quand on est pas d'accord c'est pas une vérité générale, eh ben moi j'suis pas d'accord.

La sonnerie a fait l'effet d'une mie jetée dans un pigeonnier. Je surveillais du coin de l'œil Dianka qui se demandait si j'avais oublié ou non. Elle s'est approchée en regardant Fortunée qui l'attendrait dans le couloir. Life Style.

— Donne ton carnet et regarde-moi.

Elle n'a obtempéré qu'à la moitié de l'ordre. J'ai cherché la page dévolue à la correspondance avec les parents.

— Tu formuleras dix bonnes résolutions pour l'année. À faire signer. J'ajoute que si tu persistes dans ton attitude je demanderai ton exclusion trois jours. Regarde-moi quand j'te parle.

Les deux copines se parlaient des yeux. J'avais mal dormi.

— T'es une imbécile, c'est fou c'que t'es une imbécile.

— C'est pas la peine de m'insulter non plus.

— C'est pas une insulte, c'est la vérité, si je dis que t'es une imbécile c'est parce que t'es une imbécile, si je dis que t'es une idiote c'est parce que t'es une idiote, si je dis que t'es bête c'est parce que t'es bête. Et le jour où tu seras ni imbécile, ni idiote, ni bête, je dirai : Dianka elle est intelligente, fine et... intelligente.

— Ça va pas d'me traiter comme ça.

— Je t'insulte si j'ai envie, si j'ai envie de dire que t'es une imbécile, je dis t'es une imbécile, et si je le dis c'est parce que c'est vrai, t'es une imbécile, j'ai trois classes et en ce moment c'est de très très loin toi qui a le titre d'élève la plus imbécile. De très très loin.

— C'est bon.

— Non c'est pas bon. Dans trois mois tu vas te dire mais pourquoi j'ai été si bête, tu vas te dire pourquoi j'ai perdu mon temps avec mes conneries, dans trois mois tu vas te dire le prof de français il avait raison j'aurais dû l'écouter, je serais rentrée tout de suite dans l'année et j'aurais pas perdu trois mois, voilà ce que tu vas te dire dans trois mois tu veux qu'on parie ? Tu vas te dire j'ai été une dinde et j'ai perdu mon temps, alors moi ce que je te propose c'est de te le dire dès maintenant, comme ça y'aura pas de problème, tu peux y aller j't'ai assez vue pour aujourd'hui.

La page de roman évoquait une bourgeoise rigide.

— Quelqu'un sait ce que veut dire « tirée à quatre épingles » ?

Des rangs ont fusé des propositions anarchiques et irrecevables. J'étais content de pouvoir expliquer.

— Tirée à quatre épingles c'est quand une dame est habillée de façon très stricte, tellement stricte qu'on dirait qu'elle est maintenue debout par quatre épingles qui la tirent, vous voyez ?

Ils voyaient mal.

— En fait c'est surtout la raideur qui compte, vous savez ces gens qui sont habillés avec tellement de soin qu'ils se tiennent droit pour rien désordonner.

Chaque mot était un pas en arrière.

— C'est comme les vendeuses aux Galeries Lafayette. Vous voyez ce que c'est les Galeries Lafayette ?

Leur silence et mon impuissance m'ont fait adopter un ton cassant.

— Non, évidemment vous voyez pas, puisque c'est dans un autre arrondissement qu'ici.

Sandra qui n'écoutait qu'à moitié s'est redressée, donnant un coup de coude dans le mur qui a eu mal.

— C'est bon on est pas des paysans, les Galeries Lafayette moi j'y vais presque toutes les semaines alors c'est bon.

La sonnerie a interrompu ses vociférations en même temps que le chahut de seize heures, qui s'est multiplié par trois puis évaporé dans les couloirs comme un vol de canards dans le lointain. Par-dessus l'étang, soudain j'ai vu passer les oies sauvages. Elles s'en allaient vers le Midi, la Méditerranée. Un vol de perdreaux par-dessus l'étang montait dans les... Sandra a assiégé le bureau, flanquée d'Imane et Hinda qui ressemble à je ne sais plus qui.

— M'sieur pourquoi vous nous charriez toujours comme quoi on sait rien ?

— Pas toujours, t'exagères un peu.

— Ouais mais les Galeries Lafayette vous nous avez trop chauffés parce que moi j'connais trop bien j'y vais toutes les semaines et tout.

— C'est vrai que des fois j'ai l'impression qu'vous sortez jamais du dix-neuvième.

— Alors là rien à voir m'sieur, moi mon copain il est dans le dix-sept.

Aviation soutenant l'artillerie, Hinda est intervenue.

— C'est pas du mytho m'sieur, son copain il

est dans le dix-sept, c'est pour ça elle y va tout le temps.

Je n'avais qu'à battre en retraite ou faire diversion.

— Au fait, vous êtes réconciliées toutes les deux ?

Sandra a remonté sa grosse ceinture au-dessus de son bourrelet.

— Ça m'sieur c'est notre vie.

La pluie a commencé à battre les vitres. Sylvie reportait des notes sur le cahier ad hoc, Géraldine érodait par petits bouts une brioche posée au milieu de la table ovale.

— En fait, je cherche plutôt vers le douzième.

— C'est vrai, c'est sympa le douzième.

— Ouais, t'as des coins très sympas.

— Pas tous quand même.

— Non pas tous.

— Pour ça, le onzième c'est bien, parce que tout est sympa.

Moue dubitative, Sylvie a inspiré longuement du nez.

— Tout sympa, faut voir quand même.

— C'est sûr que c'est pas le sixième, mais bon c'est sympa, globalement.

— Même le sixième, c'est pas sympa partout.

— Justement, tu vois le onzième y'a d'la vie partout, et puis c'est plutôt jeune.

— Pas forcément.

— Enfin jeune je sais pas, mais socialement, tu vois, tu te retrouves pas avec des vieilles bourges hyperfriquées qui te toisent dans l'ascenseur, avec leur chien et tout.

Sylvie a refermé son cahier de notes et picoré de deux doigts un morceau de brioche.

— Oui, mais c'est un coup à se retrouver avec des profs.

Ils ont investi la salle dans une cohue d'après-midi. J'ai demandé qu'on s'assoie, sans succès. Dico et Khoumba s'invectivaient au fond. J'ai cru à la routine de la provocation formelle, mais le ton est monté et il l'a bousculée. Je me suis précipité pour m'interposer. Il comptait bien continuer, sans violence appuyée cependant.

— Va à ta place et assieds-toi.

Khoumba l'irritait en le défiant.

— Toi aussi Khoumba, calme-toi et assieds-toi.

Prescriptions vaines. Attirés par le bruit, des plus petits avaient fait halte sur le seuil de la porte encore ouverte. Comme je m'approchais, ils ont détalé vers l'étage supérieur. Hélé, celui qui fermait la marche, s'est retourné.

— Viens par ici.

— Quoi ? C'est pas moi.

— Comment ça c'est pas toi ?

— C'est pas moi.

— Excuse-toi.

— Je m'excuse.

— C'est bon.

Dico et Khoumba ne démordaient pas de leur excitation, surjouée ou non. J'ai pressé le bras du premier dans la direction de sa chaise.

— D'où vous m'touchez ?

— Assieds-toi.

— J'm'assois mais vous m'touchez pas.

Kevin traînait debout dans le rang.

— Qu'est-ce que tu fais, toi ?

Je criais. Il a désigné la chaise non loin.

— C'est là ma place.

— Non c'est pas là ta place, toi tu vas au fond.

Je le poussais dans le dos, à quoi il opposait la seule résistance de son poids d'aspirant obèse. J'ai saisi brutalement les lanières de son sac, qui a atterri sur une table individuelle calée dans l'angle.

— Pourquoi vous vous en prenez à moi ?

— J'm'en prends à qui j'veux. C'est toi le prof ou c'est moi ?

— M'sieur vous avez vu qu'est-ce qu'il a lancé ?

C'était Khoumba qui brandissait la pièce à conviction d'une boulette de papier. Dico s'est dénoncé en niant avant d'être accusé.

— C'est pas moi j'vous dis, j'm'en bats les yeuks d'elle.

— Tu t'en bats les quoi ?

— J'm'en fous d'elle.

— J'préfère.

J'aurais voulu que chacun vienne lire au tableau son texte sur la pollution mais les Chinoises ne sauraient pas. Jie peut-être, Jiajia éventuellement, mais Liquiao et Xiawen ne feraient qu'écorcher des formulations déjà lacunaires. Elles espéraient que je ne les expose pas à cette épreuve, j'espérais que les autres ne remarquent rien ou fassent comme si. À mi-chemin des prestations, je n'ai plus imposé le passage au tableau mais sollicité des volontaires, puis mis fin à l'exercice en arguant du temps qui pressait. Sans lever le doigt, Mariama a fait entendre sa grosse voix, diamant toc sur narine gauche.

— Pourquoi ils y vont pas la bande à Jie ?

J'ai baissé la tête une seconde de trop, puis l'ai relevée sans savoir ce que j'allais dire.

— C'est pas très gentil comme façon de s'exprimer.

— Mais pourquoi elles y vont pas ?

— Ceux qui veulent viennent, c'est tout.

— Tout à l'heure vous avez dit à Frida qu'elle vient, et elle elle voulait pas.

— C'est parce que j'étais sûr que c'était bien c'qu'elle avait fait, Frida.

55

— Parce que les autres qui z'ont pas fait, c'est pas bien ?

— Je peux continuer mon cours ?

En signe de désapprobation, elle a fait jouer sa langue en ventouse contre le palais. Ça a fait tssss.

— C'est une histoire où les personnages c'est des souris ?

Sandra posait la question sans se redresser de l'agenda où elle notait le titre du livre à acheter.

— Non, c'est des vrais hommes. Il y a juste une histoire de souris à un moment, tu verras.

— Ça a l'air nul.

— C'est pour ça que je l'donne à lire.

Mohammed-Ali a demandé le verbe qui va avec ému. J'ai demandé le rapport, il n'y en avait pas, j'ai dit le verbe et demandé s'il saurait le conjuguer. Il a commencé à ânonner des m, s'efforçant d'y accoler des voyelles réfractaires.

— Ça, c'est un verbe pour embêter le monde, émouvoir. Même les adultes ont du mal, vous avez qu'à faire le test vous verrez c'est un désastre. Il y a que les gens très cultivés comme moi qui savent.

Un rire moqueur a submergé la salle, assorti de raclements de gorge narquois. Vexé, j'ai refermé la parenthèse voulue comique en reprenant ma phrase au tableau avec une austérité jésuite. Quand je me suis retourné, Katia parlotait avec sa voisine Imane.

— Katia !

— Quoi ?

— Tu sais très bien quoi.

— J'fais rien.

— Tu viendras me voir à la fin de l'heure.

— M'sieur ça s'fait pas, vous êtes vénère et vous vous en prenez à moi ça s'fait pas.

— D'abord on dit pas vénère, on dit quoi ?

— On dit quoi quoi ?

— Utilise un vrai mot français, ça changera.

— Vous avez la rage et vous vous en prenez à moi, ça s'fait pas m'sieur.

— C'est pas à toi de m'expliquer si j'ai la rage ou pas, et maintenant tu te tais parce que ça va mal finir.

Imane a levé le doigt.

— M'sieur c'est vrai elle disait rien, c'est moi qui parlais j'vous jure.

— Tu la veux pour toi, la punition, c'est ça ?

— Non, m'sieur, mais Katia elle discutait pas.

— Elle a trois ans Katia ? Elle peut pas s'défendre toute seule ?

— Eh monsieur franchement vous charriez trop.

— Je peux continuer mon cours ?

— Sur ma vie vous charriez trop.

— T'as qu'à conjuguer s'émouvoir au passé composé, si tu veux absolument l'ouvrir.

J'ai demandé à Khoumba de lire l'extrait, elle a dit qu'elle n'avait pas envie.

— Envie ou pas, tu lis.

— Vous allez pas me forcer à lire.

J'ai pris les vingt-quatre autres à témoin.

— Ça s'appelle comment ce que Khoumba vient de faire ?

— Insolence.

— Bien, Kevin. C'est vrai qu'on a affaire à un spécialiste.

Khoumba s'est mise à avaler les syllabes comme à chaque fois qu'elle conteste, avec un rire en coin parce que les copines périphériques ricanaient. Faute d'idée sur le moment, je lui ai dit de rester à la fin du cours.

— Frida tu étais en train de nous expliquer « pervers ».

I love Ungaro, disait son sweat.

— J'sais pas si c'est bon.

— On t'écoute.

— C'est quelqu'un il a des idées bizarres, j'sais pas.

— Par exemple si j'veux manger la tour Eiffel, j'suis un pervers ?

— Non, c'est des idées bizarres pas comme ça, j'sais pas.

La sonnerie a fait voler les plumes de l'édredon.

Du coin de l'œil, je surveillais Khoumba qui a fait trois pas autoritaires pour déposer sur le bureau son carnet de correspondance, Nike Atlantic sur son blouson en faux cuir, bouche hyperclose comme par crainte qu'on aille chercher le microfilm caché dedans. J'ai rédigé le libellé de la punition assorti d'un mot pour les parents. Raconter en cent lignes l'apprentissage du respect par une adolescente, à faire signer pour après-demain. Avant de lui rendre le carnet, je voulais faire descendre la moutarde dans mon nez.

— Ça va être toute l'année comme ça?
— Toute l'année quoi?
— Excuse-toi.
— Excuse de quoi? J'ai rien fait.
— Excuse-toi. Tant qu'tu t'es pas excusée j'te libère pas.

Elle hésitait entre sauver la face et rejoindre ses copines qui passaient à tour de rôle une moitié de tête dans l'embrasure.

— C'est bon j'ai pas à m'excuser j'ai rien fait.

Pour m'énerver elle a feint de vouloir attraper le carnet que je maintenais en suspens pour l'énerver.

— Ça va pas non? Arrache-moi le bras pendant qu't'y es.

Elle s'est murée à nouveau.

— Qu'est-ce qui s'est passé cet été, t'as appris des choses déplaisantes sur moi?

Bourrue offensive.

— Pourquoi vous dites ça?

— J'sais pas, l'an dernier, on était copains, tu m'aimais bien et cette année tu m'pourris la vie, alors j'me dis que cet été on t'a révélé des trucs pas bien sur moi.

— Y'a ma mère qui m'attend.

— Elle attend que tu t'excuses.

— Pardon.

— Pardon quoi ?

— Pardon c'est tout.

— Pardon quoi ?

— J'sais pas.

— Répète après moi : monsieur, je m'excuse d'avoir été insolente envers vous.

— J'ai pas été insolente.

— J'attends : monsieur, je m'excuse d'avoir été insolente envers vous.

— Monsieur, je m'excuse d'avoir été insolente envers vous.

C'était récité mécaniquement, avec une ostensible absence de conviction. J'ai quand même tendu le carnet qu'elle a aussitôt saisi avant de sautiller vers la porte. Au moment de disparaître dans le couloir, elle s'est exclamée

— j'le pense pas.

J'ai bondi mais trop tard. Sa petite silhouette frondeuse dévalait un étage en dessous. J'ai renoncé, ne serait-ce qu'à lui crier des menaces. Regagnant mon bureau, j'ai donné un coup de pied dans une chaise qui s'est retournée. Quatre fers en l'air.

1. Quelles sont les valeurs de l'école républicaine et comment faire en sorte que la société les reconnaisse? 2. Quelles doivent être les missions de l'école, à l'heure de l'Europe et pour les décennies à venir. 3. Vers quel type d'égalité l'école doit-elle tendre? 4. Faut-il partager autrement l'éducation entre jeunesse et âge adulte, et impliquer davantage le monde du travail? 5. Quel socle commun de connaissances, de compétences et de règles de comportement, les élèves doivent prioritairement maîtriser au terme de chaque étape de la scolarité obligatoire? 6. Comment l'école doit-elle s'adapter à la diversité des élèves? 7. Comment améliorer la reconnaissance et l'organisation de la voie professionnelle? 8. Comment motiver et faire travailler efficacement les élèves? 9. Quelles doivent être les fonctions et les modalités de l'évaluation des élèves, de la notation et des examens? 10. Comment organiser et améliorer l'orientation des élèves? 11. Comment préparer et organiser l'entrée dans le supérieur? 12. Comment les parents et les partenaires extérieurs de l'école peuvent-ils favoriser la réussite scolaire des élèves? 13. Comment prendre en charge les élèves en grande difficulté? 14. Comment scolariser les élèves handicapés ou atteints de maladie grave? 15. Comment

lutter efficacement contre la violence et les incivilités? 16. Quelles relations établir entre les membres de la communauté éducative, en particulier entre parents et professeurs et entre professeurs et élèves? 17. Comment améliorer la qualité de vie des élèves à l'école? 18. Comment, en matière d'éducation, définir et répartir les rôles et les responsabilités respectifs de l'État et des collectivités territoriales? 19. Faut-il donner davantage d'autonomie aux établissements et accompagner celle-ci d'une évaluation? 20. Comment l'école doit-elle utiliser au mieux les moyens dont elle dispose? 21. Faut-il redéfinir les métiers de l'école? 22. Comment former, recruter, évaluer les enseignants et mieux organiser leur carrière?

Sous le planisphère où l'URSS régnait en rouge, Mohammed et Kevin se disputaient la place à côté de Fouad. Finalement le premier a préféré déloger Bamoussa, qui a protesté qu'il était toujours assis là en français.

— Si tu veux sa place, Mohammed, trouve un meilleur argument que celui-là.

— Il a qu'à dégager, c'est tout.

— C'est pas un argument, ça.

— Si Bamoussa il reste à cette place, il y aura

trop de pollution dans cette classe, et c'est mauvais pour la couche d'ozone.

— C'est mieux. Mais on voit pas en quoi il pollue.

— Aves ses baskets toutes cramées, il pollue.

— Elles ont brûlé tes baskets, Bamoussa ?

— C'est lui qu'a brûlé.

Bien que déjà assis, Souleymane avait gardé sa capuche rabattue.

— La capuche, Souleymane, s'il te plaît.

Il l'a fait glisser sur ses épaules d'un coup de tête en arrière, découvrant son crâne rasé. Fortunée portait désormais des lunettes et ne la ramenait pas. Khoumba avait trois fois Love en colonne sur son pull et déballait ses affaires sans aucune intention de rendre ce qu'elle me devait. Je me suis penché sur sa table.

— Donne ton carnet.

— Pourquoi ?

— Tu sais très bien pourquoi.

Dans le libellé de la punition j'ai remplacé cent lignes par cent cinquante.

— La prochaine fois, tu penseras ce que tu dis. Encore, là t'as d'la chance, t'as deux semaines pour la faire cette punition.

— J'la ferai pas quand même.

J'ai pivoté sur mes talons pour ne pas l'insulter. Moutarde dans le nez. Comme je regagnais l'estrade, elle a marmonné je ne sais quoi qui a fait rire sa voisine. Moutarde plus haute dans le nez. Dounia à tribord.

— M'sieur à la télé ils ont dit y'aura un débat dans les collèges.

— Occupe-toi de sortir ton classeur plutôt.

Amar à bâbord.

— Est-ce que vous donnerez un devoir pendant les vacances ?

— Ça te plairait ?

— Oui.

— Alors j'en donnerai pas.

Line a cessé de souffler sur son thé pour aviser mes ciseaux au travail.

— Hou là là t'arrêtes jamais de bosser, toi.

Sans relever mon absence de réplique, elle a interpellé Géraldine qui parcourait distraitement le document officiel du débat national punaisé sur le tableau de liège.

— Déprime pas comme ça, Gégé.

— Je déprime pas du tout, j'ai fini ce soir.

— C'est vrai qu't'as pas cours le vendredi, toi.

Passant en coup de vent, Luc a fait voler mon montage d'exercices et dit

— c'est vraiment rageant les privilèges.

Line a écourté une déglutition.

— Te plains pas, toi tu bosses que le matin le vendredi. Moi excuse-moi mais j'débauche à cinq heures.

— Oui mais moi j'ai quatre heures, s'il te plaît.

— Attends, les heures du matin c'est rien.

— Oui mais quatre de suite merci bien.

Cerné jusqu'aux oreilles, Gilles tripotait une cigarette en souffrance de salle fumeur.

— Ça dépend des élèves. Si c'est les quatrièmes, c'est pire.

Trois anneaux à chaque oreille sous la femme à l'ombrelle, Léopold n'était pas d'accord.

— Alors les cinquième 1, j'te raconte pas. J'ai encore fait deux fiches incident hier. Eux c'est même pas la peine le vendredi. Matin ou pas.

Rachel venait de bloquer la photocopieuse.

— Pourquoi ça fait pas recto verso, cette merde ?

Gilles n'en démordait pas.

— Les quatrièmes, c'est la plaie.

— T'as l'air fatigué en tout cas.

— Ouais, j'sais pas.

— Tu vas pouvoir te reposer, remarque.

— Ouais, j'sais pas. Ça m'stresse les vacances.

Vingt-huit

Débouchant du métro, je me suis arrêté à la brasserie. Un quinquagénaire fumait sans les mains, réquisitionnées pour tenir son journal où un rugbyman en blanc levait des bras victorieux. Le serveur en livrée a déposé une tasse sur le comptoir en cuivre.

— Sont forts ces Anglais.

— Ils ont inventé le jeu, qu'est-ce tu veux que j'te dise.

Dehors le jour encore timide laissait voir les bouchers chinois qui déchargeaient un camion frigorifique. Après l'angle, le CPE Serge et le surveillant Ali constataient le sabotage de la sonnette.

— Faut réparer, qu'est-c'que tu veux qu'j'te dise. Tiens salut, ça va ?

— Super.

Je n'ai pas eu à pousser la massive porte en bois. Une dame de service passait la serpillière sur le carrelage du préau. Équipée d'un balai à paille, une autre amassait les feuilles contre le quatrième mur de la cour intérieure. Derrière la porte bleue, Gilles cerné dupliquait une page de manuel, poupée au doigt. Il haussait la voix pour dominer le duplicateur.

— Ça m'emmerde carrément de revenir là, moi.

— C'est quoi, ça?

— Je bricolais et boum le marteau.

Sur le sweat de Léopold poussant la porte à son tour, un vampire décrétait en anglais l'apocalypse maintenant.

— Salut. Tiens c'est quoi, ça?

— Je bricolais et boum le marteau. Enfin, si y'avait qu'ça.

Valérie consultait ses mails.

— T'as d'autres problèmes?

— Ça t'emmerde pas de revenir là, toi? Moi carrément.

Dico tardait à s'engager dans les escaliers à la suite des autres.

— M'sieur c'est encore possible changer de classe?

— C'est plutôt la classe qui voudrait changer de Dico.

— C'est possible les élèves ils changent le prof principal?

— Dépêche-toi.

Le gros de la troupe attendait devant la salle de physique. Frida distillait un récit bu par un demi-cercle de filles.

— Alors j'lui fais j'suis pas ta pute, alors il m'fait

— allez, on rentre.

J'avais mal dormi. Mohammed a poussé Kevin qui, exagérant son déséquilibre, a heurté la première table sur la gauche en entrant.

— M'sieur vous avez vu comment il m'a poussé ?

— J'm'en fous.

Dianka m'a rattrapé au niveau du bureau.

— M'sieur le livre j'l'ai pas trouvé.

— Quel livre ?

— Celui vous avez dit d'acheter, avec les souris.

— Tout le monde l'a trouvé, pourquoi pas toi ?

Souleymane était entré dans la classe avec sa capuche rabattue, j'ai attendu qu'il soit assis.

— La capuche, Souleymane, s'il te plaît.

Il l'a fait glisser sur ses épaules d'un coup de tête.

— Le bonnet aussi.

Il l'a enlevé en passant la main par-devant, comme pour une cagoule. Dounia se regardait dans le couvercle de sa trousse métallique. Dianka n'avait pas bougé.

— C'est pas grave alors m'sieur si j'l'ai pas le livre ?

— Non non. Tu vas juste te mettre encore plus à l'ouest que d'habitude.

Elle s'est retournée, contente de ne rien avoir à acheter et tout près de faire tomber Fortunée qui n'avait plus de lunettes et me tendait la punition de Khoumba. Je l'ai stoppée du plat de la main.

— Dis-lui qu'elle me la remette elle-même.

Informée par sa copine, Khoumba s'est avancée depuis le fond de la classe, avec la feuille qu'elle a laissé tomber sur le bureau sans mot dire.

Un adolescent apprend peu à peu à respecter ses professeurs à cause des menaces de ceux-ci ou en ayant peur d'avoir des problèmes. Ce ne sont que des exemples. Et déjà moi je vous respecte, et le respect doit être mutuel. Comme par exemple je ne vous dis pas que vous êtes hystérique alors pourquoi vous me le dites ? Moi je vous ai toujours respecter donc je ne comprends pas pourquoi vous me faites écrire tout ça !! De toute manière, je sais que vous avez une dent contre moi mais je ne sais pas ce que j'ai fait. Moi je ne viens pas à l'école pour que mon professeur me fasse des blagues pour je ne sais quelle raison ! Moi je prends votre agenda ? NON ! Je suis votre élève et vous êtes mon professeur. Donc je ne vois pas pourquoi vous me faites des blagues. Vous devez enrichir nos connaissances en français. Ma résolution est de me mettre à tous les cours au fond comme ça il n'y aura plus de conflits « pour rien » à part si vous me « cherchez ». J'avoue être PARFOIS insolente mais si on ne me cause pas je ne le suis pas. Bon, je reviens au sujet demandé. Quand je dis « à cause des menaces de ceux-ci » c'est par exemple vous avez écrit dans mon carnet « je serai obligé de prendre des mesures plus graves » eh bien ça c'est une menace (selon moi !). Et lorsque je dis « en ayant peur d'avoir des problèmes » c'est-à-dire que cette personne a peur d'aller dans le bureau du principal ou d'être renvoyé. Moi, en tout cas, je m'engage à vous respecter si c'est RÉCIPROQUE. De toute façon, je ne vous regarderai même pas pour ne pas que vous dites que je vous regarde avec insolence. Et normalement dans un cours de français, on doit parler du français et pas de sa grand-mère ou de sa sœur. C'est pour ça à partir de maintenant je ne vous parlerai plus.

J'avais expliqué victimisme, et Mohammed-Ali avait dit que les Arabes se plaignaient alors qu'ils étaient aussi racistes que les autres, mais qu'il y avait encore pire c'était les Martiniquais, ils se croyaient plus français que les Arabes, et Faiza avait dit que les Martiniquais ils se croyaient plus français que les Maliens alors que bon c'est n'importe quoi, et j'avais dit il faut pas généraliser, et à la sonnerie Chen s'est écarté du vol de moineaux pour piquer vers le bureau, indifférent à mes lèvres qu'une heure plus tard je découvrirais maculées d'encre.

— M'sieur le problème c'est la nature humaine, l'homme il voudra toujours détruire ce qui lui ressemble pas c'est tout, c'est comme ça, c'est fatal.

Avec sa belle voix de doubleur d'acteur adolescent, et souriant d'embarras devant l'audace de sa proposition.

— Ce qu'il faudrait c'est un ennemi commun, comme ça tout le monde se réconcilierait. Il suffit de le désigner et voilà.

Hakim le tirait par le sac à dos vers la sortie, comme un aliéné qu'on rentre de force à l'asile.

— En plus ça résoudrait la surpopulation, parce que le problème c'est qu'il y a trop de monde.

— Dans ce cas, Chen, il faudrait prendre comme ennemi les plus nombreux. Revois ta géographie, qui c'est les plus nombreux?

Tracté par Hakim, il s'éloignait à reculons.

— Ben oui, c'est les Chinois.

— M'sieur est-ce qu'on fera des dictées?
— C'est quoi le rapport avec l'étude de l'argumentation, Tarek?

Il n'y avait pas de rapport, j'ai repris mon fil.

71

— Donc un exemple, c'est quoi?

Tous savaient mais pressentaient ne pas pouvoir expliquer. À titre d'exemple d'exemple j'ai conçu à la craie une phrase saturée d'informations précises. Un ouvrier quinquagénaire y croisait dans la rue du Faubourg-Saint-Antoine, à dix-sept-heures trente, un soir d'hiver, une femme de chirurgien prénommée Jacqueline. Le tout tâchant d'illustrer une thèse, à savoir la probabilité, plus élevée dans les villes qu'à la campagne, de rencontres inattendues. Ils ont commencé à copier sans comprendre.

— De la thèse à l'exemple, on va du particulier au général.

Tassée sur sa feuille, Alyssa s'est dressée comme un point d'interrogation.

— Pourquoi les gens des fois on les appelle des particuliers?

— Ah? Quand ça?

— J'sais pas, des fois à la télé ils disent, j'sais pas, ils se déplacent chez les particuliers.

— Oh là, ça a rien à voir ça. Ça va nous égarer.

Sa question survivait dans l'activité des dents aux prises avec le bout de son crayon. Ayant commencé de copier, Djibril a relevé les yeux de sa feuille, Ghetto Star en vert sur son sweat blanc.

— M'sieur c'est quoi le prénom dans la phrase?

— Jacqueline.

— C'est trop bizarre.

— C'est Jacques pour une femme.

— On peut changer ?

— Tu mets c'que tu veux.

Il a replongé dans sa prise de notes.

— Tu comptes mettre quoi ?

— Jean.

— Oui mais Jean pour une femme de chirurgien ça va pas le faire.

Son front s'est crispé.

— Jane ça existe ?

— Oui oui.

Un soir d'hiver, un ouvrier quinquagénaire a croisé dans la rue du Faubourg-Saint-Antoine, à dix-sept-heures trente, une femme de chirurgien prénommée Jane.

— Ça a sonné ?

Posant la question, Élise savait bien que oui. Irène le savait d'autant mieux qu'elle ne faisait pas cours l'heure d'après.

— Moi j'm'en fous, j'ai pas cours après.

Assises sous les nymphéas peints en bleu, Jacqueline et Géraldine étaient d'accord.

— Ça s'est pas arrangé du tout, les cinquième 1. Hier j'ai fait deux fiches incident et j'en ai exclu un.

— C'est pas dix jours de vacances qui les calment.

— Plutôt dix conseils de discipline.

— Avec le ramadan, c'est le bouquet.

Luc avait laissé une fiche incident dans mon casier. Relation des faits reprochés à l'attention du professeur principal. Au stade, Dianka s'est montrée insolente, deux fois de suite. Elle a tipé l'enseignant qui courait avec ses élèves et a fait son cinéma quand le professeur lui a demandé de s'excuser (tiper : faire du bruit avec sa bouche en coin, ce qui veut dire : va te faire...). Suite donnée : 2 h de colle au collège mercredi de 8 h 35 à 10 h 25. Recopier le règlement d'EPS à la page 48 du carnet de correspondance.

Je finissais de lire quand l'auteur est apparu en k-way. J'avais mal dormi.

— T'es sûr que quand ils tipent, ça veut dire va te faire foutre ?

— Qu'est-ce que tu crois ? Tu crois qu'ça veut dire va te faire plaisir au hammam ?

— Bon.

Il s'éloignait déjà.

— Je supporte pas ce bruit.

— Tssss.

— Arrête, je supporte pas.

— Tsssss.

— Tu veux deux heures de colle ?

— Va te faire plaisir au hammam.

Souleymane est entré dans la classe avec sa capuche rabattue, j'ai attendu qu'il soit assis pour le lui faire remarquer.

— La capuche, Souleymane, s'il te plaît. Et le bonnet, aussi.

Il a fait glisser l'une d'un coup de tête, et retiré l'autre en passant la main par-devant comme pour une cagoule. J'ai regardé au-dehors sans voir les arbres, puis mes yeux sont revenus vers lui.

— Souleymane, je te propose un truc : pour lundi, tu me rédiges vingt lignes pour me convaincre que c'est très important pour toi de garder tout ce matériel sur ta tête. Si tu me convaincs, j'te laisse tranquille avec ça jusqu'à la fin d'l'année. On fait comme ça ?

Il a souri, hochant sa tête nue. Brandissant le rapport de Luc, j'ai hélé Dianka comme elle passait le bureau.

— Tu vois ce que c'est ça ?

— Ben oui.

— Pourquoi il me l'a remis M. Martin ?

— Parce que.

— Parce que quoi ?

— Parce que c'est vous prof principal.

— Parce que je suis le prof principal et que j'ai spécialement demandé à l'équipe de profs de me signaler tout ce qui te concernait.

— Pourquoi ?

— Parce que.

Elle a tipé.

— C'est marrant que tu fasses ce bruit parce que justement c'est ce qu'on te reproche.

— J'l'ai pas fait en sport.

— Donc il ment, M. Martin ?

— J'sais pas, j'l'ai pas fait en sport c'est tout.

— Eh ben moi j'te crois pas que tu l'as pas fait en sport, et tu sais pourquoi ? Parce que tu le fais tout le temps et partout. Même que ça énerve tout l'monde. C'est vrai ou c'est faux que tu l'fais partout ?

Elle a baissé la tête et la voix.

— Pas partout.

— Si, partout. Tu peux aller t'asseoir.

Elle s'est engagée dans les rangs. Tssss.

Les délégués de parents d'élèves occupaient un côté, les profs un autre, un troisième revenant à d'autres membres du personnel, ainsi qu'à Sandra et Soumaya qui en s'asseyant ont chacune posé une canette de Coca devant elles. J'ignorais qu'elles s'étaient fait élire au conseil d'administration.

Comme Marie ouvrait la séance pour amender l'article du règlement sur les signes politiques et religieux, Sandra a levé le doigt et demandé le sens exact de prosélytisme. De quatre ou cinq bouches raidies par la solennité, quatre ou cinq définitions ont émergé, où en négatif il était question de tolérance, de respect, de valeurs communes, de République. Considérant cette polyphonie, le principal a proposé de repousser le vote en fin de séance, et qu'on aborde le deuxième point de l'ordre du jour.

— J'aimerais vous soumettre le projet de changer d'horaires pour l'année prochaine, et par exemple de faire commencer les cours à huit heures quinze plutôt qu'à huit heures vingt-cinq. Cela permettrait d'allonger la plage de temps travaillé sur la journée, et donc de faciliter la répartition des services.

Une mère d'élève avait potassé le dossier.

— Le problème, c'est que beaucoup de nos élèves déposent leur petit frère ou petite sœur à l'école primaire de la rue Debussy, et là-bas on commence à huit heures quinze aussi. Donc ils seront obligés de les laisser un peu avant et les parents ont peur que les petits soient livrés à eux-mêmes, ne serait-ce que deux ou trois minutes.

De son sac American Dream, Sandra a sorti une autre canette de coca qu'elle a passée sous la table pour l'ouvrir discrètement. Ça a fait pschhhiit, mais le principal n'y a pris garde, occupé à exposer la problématique.

— Est-ce que c'est à nous de nous préoccuper de comment les petits se rendent à l'école ? C'est la question. Et plus généralement, est-ce qu'on doit cautionner le fait que des familles se défaussent de cette responsabilité sur leurs aînés? C'est compliqué.

Grognement collégial côté parents.

— Il y a des familles qui ne peuvent pas conduire leurs enfants parce qu'ils travaillent beaucoup plus tôt. Ce n'est peut-être pas notre rôle de suppléer à l'éducation, mais ce serait une faute que de ne pas le faire sachant que c'est ça ou rien.

Les deux filles se sont subitement esclaffées, laissant d'abord penser que cet éclat ponctuait la réplique précédente, ce qui n'était pas le cas. On a attendu que ça passe en poursuivant les débats l'air de rien. Or cela s'étirait, empirait, elles étaient maintenant pliées sur leur table et forçaient leur suffocation tout en s'excusant. Des bons mots fébriles ont commencé à circuler parmi le U de tables, pour compenser l'impossibilité de sévir dans ce contexte démocratique. Maintenant, il ne faisait plus aucun doute qu'elles simulaient, pour légitimer leur rire en le prétendant inextinguible. Au bout de trois minutes lestées de gêne, elles ont fini par se précipiter vers la sortie, comprimant leur ventre comme qui se retient de vomir. Marie tentait de ramener l'attention au compromis qu'elle s'efforçait de fabriquer.

— Est-ce qu'on ne pourrait pas demander à l'école primaire de commencer à huit heures dix?

Têtes dubitatives des parents d'élèves.

— À ce train-là, tout le monde va finir par commencer à cinq heures du matin.

Brillance facétieuse du visage principal.

— Le mieux serait de commencer à dix-sept heures, comme ça on serait sur place.

Au moment où nous nous disposions à une longueur de bras des gobelets alignés sur une table couverte d'une nappe en papier, les filles sont réapparues. Elles ont jeté les canettes vides dans la corbeille en plastique et se sont postées près du buffet, hardies et timides à la fois, l'un à proportion de l'autre. Le principal a saisi une des bouteilles de champagne que l'établissement offrait, et l'a orientée vers le vase qui nous avait tenu lieu d'urne et trônait dans le vide du U des tables.

— Vous pariez combien ?

Nous l'avons regardé pulser du pouce le bouchon qui, jailli dans un bruit canonique, a fait retomber sa courbe au pied de la chaise qui soutenait le vase.

— Pas loin.

Certains ont formulé des compliments explicitement obséquieux en se laissant servir. Des petits essaims se sont constitués au hasard des piétinements. Luc demandait aux deux filles qui était le petit copain d'Hinda. Sandra a pris une poignée de cacahuètes et une voix de troisième âge pour parodier la langue académique.

— Cela monsieur nous sommes dans l'impossibilité de le révéler.

— Au fait, c'est ramadan là, vous êtes sûres que vous avez le droit de manger ?

— Ben oui, la nuit elle est tombée.

Comme j'enchaînais par une formule quelconque et engageais la conversation avec Luc, Sandra a donné un coup de coude à Soumaya, qui lui a glissé un mot dans l'oreille, et elles ont quitté le cercle pour rire. Je jouais l'indifférence, mais du coin de l'œil je les voyais qui m'imitaient, pinçant leur lèvre inférieure entre le pouce et l'index.

Je formulais les questions en détachant les mots, ils couchaient les réponses à mesure.

— Pourquoi les « souris » dans le titre ? Pourquoi-les-« souris »-dans-le-titre ?

Mezut n'avait pas lu le livre, il copiait les questions en s'appliquant et laissait un blanc pour des réponses qui peut-être se déposeraient là comme un bébé de cigogne. J'avais imposé le silence absolu, et qu'on ne louche pas sur la copie voisine. Le contrôle de lecture ne souffrait pas la moindre concertation.

— Contrôle de lecture, c'est zéro parole. Comme pour une dictée.

Tarek a levé un doigt pavlovien.

— Oui, Tarek, on fera des dictées. Cinquante

on en fera. Mais pour l'instant, c'est contrôle de lecture et c'est silence.

Tous s'y tenaient, sauf Fangjie qui copiait sur Ming ou lui demandait le sens des mots de l'énoncé en tordant la bouche de côté. Ming tordait la bouche dans le sens inverse, écartelé entre cette tâche et celle de me comprendre.

— Question 9, pourquoi le palefrenier noir ne dort-il pas avec les autres ? Pourquoi-le-palefrenier-noir-ne-dort-il-pas-avec-les-autres ?

Ming a froncé les sourcils comme un aveugle concentré pour identifier un son. J'ai relu intérieurement l'énoncé et compris qu'il butait sur palefrenier. Au prétexte de la rareté du mot, je l'ai écrit au tableau. Bien-Aimé a poussé un cri de révolte.

— Wesh pourquoi tout à l'heure j'ai demandé un mot vous avez pas voulu écrire et maintenant vous écrivez ?

Pris la main dans le sac.

— C'est parce que c'est un mot difficile.

— Moi c'est bon j'sais l'écrire. Tsss.

Je regardais ma feuille.

— Et tu sais ce que ça veut dire, je suppose ? Ses épaules ont fait évidemment qu'je sais.

— Explique.

— C'est celui qui travaille à l'écurie.

Ming avait compris et écrivait la réponse, tout en la soufflant à Fangjie.

Alors que je parlais à une classe silencieuse inattentive, que Gibran et Arthur se livraient à une analyse comparative de leurs calculatrices en pouffant de je ne sais quoi, que Michael faisait oui de la tête en pensant à autre chose, que les murs piquaient du nez et finiraient par nous tomber dessus, Sandra a éclaté d'un rire sans vergogne. Je l'ai sommée de se calmer, elle a fait un signe d'impuissance tout en se tordant. J'ai calé mes poings sur mes hanches.

— Ça va pas recommencer comme avant-hier.

Elle s'est un peu figée dans sa torsion. J'ai enchaîné :

— J'ai pas eu l'occasion de vous le dire, mais franchement j'ai eu honte de vous. Ça s'fait pas d'éclater de rire comme ça en plein CA, on était embêtés de pas pouvoir vous arrêter.

— Eh ben quoi ? On est sorties non ?

— Au bout de dix minutes, et c'était dix minutes de trop.

— Sérieux ça dérangeait pas.

— Ah si, ça dérangeait, les gens étaient même très dérangés de pas savoir comment vous dire gentiment d'arrêter.

Les intéressées se sont interrogées du regard d'un bout à l'autre de la classe. Soumaya s'apprêtait à partir dans une bouderie. Je vidais mon sac.

— Je m'excuse mais moi, rire comme ça en public, c'est c'que j'appelle une attitude de pétasses.

Elles ont explosé en chœur.

— C'est bon, on est pas des pétasses.

— Ça s'fait pas de dire ça, m'sieur.

— J'ai pas dit que vous étiez des pétasses, j'ai dit que sur ce coup-là vous aviez eu une attitude de pétasses.

— C'est bon, c'est pas la peine de nous traiter.

— Ça s'fait pas monsieur d'nous traiter.

— On dit pas traiter, on dit insulter.

— C'est pas la peine de nous insulter de pétasses.

— On dit insulter tout court, ou traiter de. Mais pas un mélange des deux. Je vous ai insultées, ou alors je vous ai traitées de pétasses, mais pas les deux à la fois.

— D'où vous nous insultez de pétasses ? Ça s'fait pas m'sieur.

— Ça y est, c'est bon, OK, d'accord, on arrête là.

Line a déboulé souriante. Au seul collègue qui se trouvait là, elle a lancé un salut qui désirait converser. Ses cours du matin s'étaient bien passés, elle avait envie de le dire. Elle est venue fureter pour rien dans son casier, a fini par s'asseoir non loin. Le zèle de mes ciseaux a triplé.

— Hou! là, là! qu'est-ce qu'il est studieux.

S'il y avait eu une réponse, elle ne l'aurait pas entendue.

— Ça te dit une orange?

— D'Espagne?

— Je veux mon neveu.

Elle en a tiré deux de son sac et s'est attribué la plus petite, qu'elle a commencé à éplucher en cherchant la lézarde dans mon mur.

— Les troisième 2 ont été super-sages ce matin.

— Ah?

— J'ai même entendu un peu d'espagnol.

— Tout arrive.

— L'autre jour, le CPE est venu vingt minutes dans la classe. On a essayé de comprendre ce qui allait pas. Du coup, j'ai un peu changé ma méthode aujourd'hui. À la fin je leur ai demandé si ça allait mieux comme ça. Ils m'ont dit oui. Donc j'ai compris : pas trop d'explications de textes. Maintenant il faudrait pas qu'il y ait un inspecteur qui débarque.

Elle a ouvert son casier, en a retiré quelques feuilles qu'elle a parcourues d'une traite.

— Oh, merde.

J'ai sorti la langue en encadrant de colle le dos d'un exercice de grammaire. Elle a encore tenté le coup.

— C'est con.

Et encore une fois.

— C'est trop con.

J'ai craqué.

— Qu'est-ce qu'est trop con ?

Elle s'est assise juste à côté.

— Je leur avais donné la biographie de quelqu'un de célèbre à rédiger, et là je vois Calderón. Du coup j'ai un gros espoir, et non, en fait c'est pas Calderón Calderón, c'est je sais pas quoi, un sportif apparemment.

— Footballeur.

— J'ai eu un faux espoir, quoi.

Elle a refermé le casier.

— C'est trop con.

Le CPE Christian essayait tant bien que mal de tasser l'arrière de la troisième 3 parquée au pied des escaliers en attendant que se dissipe la bombe lacrymogène. Tout en manœuvrant il a sollicité mon écoute. Il souriait, minimisant d'avance.

— Il faudra qu'on se voie à midi si tu peux. Il y a des filles de troisième qui se plaignent de toi.

Qu'il le dise jovialement a précipité mon irritation.

— Quelles filles ? Qu'est-ce qu'elles me veulent ?

— Oh rien, tu sais ce que c'est, soi-disant que tu les as traitées de pétasses.

— Qui a dit ça ? Sandra et Soumaya, c'est ça ?

— Je sais plus vraiment. Il y a des troisième 1 aussi.

Son ton était de plus en plus dédramatisant, je bouillais à proportion.

— Comment ça des troisième 1 ? Ça a rien à voir avec des troisième 1 cette histoire.

— J'sais pas, de toute façon tu sais ce que c'est, elles disent ce qu'elles veulent.

— M'enfin t'es pas foutu d'me dire qui c'était ces troisième 1 ? c'est quand même dingue ça.

Autorisé à avancer, la tête du troupeau s'ébranlait bruyamment. Christian est reparti officier comme cow-boy.

— Tu m'excuses.

S'agitant en bordure de la masse, Sandra l'électrisait. Je l'ai presque attrapée par la doudoune.

— Viens me voir un peu là.

Mon regard devait être directif car elle a obtempéré sans se récrier.

— J'apprends que tu vas te plaindre de moi au CPE, bravo, merci pour tout.

Elle a bégayé fautif.

— Eh ben oui quoi ?

— Tu pouvais pas venir t'expliquer directement avec moi ?

— C'est parce que vous nous avez insultées de pétasses.

— D'abord je vous ai pas insultées de pétasses comme tu dis, et ensuite la moindre des choses c'est d'abord de venir me voir pour qu'on s'explique.

— Nous quand les profs ils se plaignent ils vont voir le CPE, j'vois pas pourquoi on irait pas l'voir quand vous faites des choses pas bien.

— Eh ben non, c'est pas si logique comme raisonnement. Ça marche pas forcément dans les deux sens, figure-toi.

J'avais très nettement haussé le ton. Un groupe s'est formé autour de nous, où figurait Soumaya qui laissait Sandra essuyer seule mes tirs.

— C'est normal que nous aussi on fait ça quand on est pas contents, sinon c'est trop facile.

— Et qu'est-ce que t'en attendais ?

— Quoi ?

— En allant voir le CPE, vous attendiez quoi ? Qu'il me punisse ?

— Non. J'sais pas.

— Vous attendiez quoi ?

— Rien, c'était pour le dire c'est tout.

— Vous attendiez qu'il me punisse ?

— Encore faut pas vous plaindre parce que nous au début on voulait le dire aux parents.

— Mais fallait l'faire, pourquoi vous l'avez pas fait ? j'les attends vos parents.

— Oh là là dites pas ça, mon père il apprend que vous m'avez insultée de pétasse il vous tue, j'vous jure sur la vie d'mes enfants de plus tard.

J'avais la bouche pâteuse d'avoir peu dormi, mais ça mitraillait.

— Premièrement on dit pas insultées de

pétasses, on dit insultées en disant que vous étiez des pétasses, ou alors on dit traitées de pétasses, mais « insulter de » ça se dit pas, commence par apprendre le français si tu veux t'en prendre à moi, deuxièmement je vous ai pas traitées de pétasses, j'ai dit que vous avez eu une attitude de pétasses, ça n'a rien à voir, t'es capable de comprendre ça ou non ?

— T'façon tout le collège est au courant.

— Au courant de quoi ?

— Que vous nous avez insultées de pétasses.

Je criais à voix basse, dents serrées.

— Je vous ai pas traitées de pétasses, j'ai dit qu'à un moment donné vous aviez eu une attitude de pétasses, si tu comprends pas ça la différence t'es complètement à la rue ma pauvre.

— Vous savez c'est quoi une pétasse ?

— Oui je sais c'est quoi une pétasse, et alors ? La question se pose pas puisque je vous ai pas insultées de pétasses.

— Pour moi une pétasse j'suis désolée mais c'est une prostituée.

— Mais c'est pas du tout ça une pétasse.

— C'est quoi alors ?

Mon haut débit s'est un peu enrayé.

— Une pétasse c'est... c'est... c'est une fille pas maligne qui ricane bêtement. Et vous au CA à un moment vous avez eu une attitude de pétasses. Quand vous vous êtes esclaffées, c'était comme des pétasses.

— Pour moi c'est pas ça, pour moi une pétasse c'est une prostituée.

Elle a pris à témoin le cercle de filles qui, béates, me regardaient postillonner depuis cinq minutes.

— Les filles, pétasse ça veut dire prostituée ou quoi ?

Toutes ont acquiescé. J'ai pivoté sur place pour m'engouffrer dans l'escalier. Tout de suite mes yeux ont piqué.

Souleymane avait la capuche rabattue et un bonnet dessous. Sans doute absent au cours précédent, Hossein l'a salué en martelant son poing droit avec le sien gauche.

— Souleymane, enlève-moi tout ça.

Dico tardait à déballer ses affaires. Il me regardait en pensant à quelque chose, a fini par tenter le coup.

— M'sieur j'ai une question mais si j'la pose vous allez m'envoyer à Guantanamo.

— Ah ?

Seul Djibril son voisin suivait l'échange, lettres de Foot Power arrondies en demi-cercle sur le torse.

— Elle est chaude la question m'sieur. Sur le Coran vous allez l'envoyer direct dans le bureau du principal après.

— J'ai déjà fait ça moi ?

Pouvoir du Football.

— Non mais sa question m'sieur elle est trop chaude.

— Pose-la, qu'on en finisse.

— Non m'sieur vous allez vous vénère.

— On parle français.

— Vous allez vous énerver.

— J'ai une tête à m'énerver, moi ?

— C'est clair.

— Tu peux plus reculer maintenant.

Il s'agitait sur sa chaise, souriait de gêne.

— Y'en a ils disent... non laissez tomber c'est mort.

J'avais compris depuis le début.

— Ils disent quoi ?

— Y'en a ils disent vous aimez les hommes.

— Ils disent que je suis homosexuel ?

— Ouais voilà.

— Eh ben non.

— Ceux-là qui z'ont dit ça ils ont juré sur leur vie.

— Eh ben ça va encore faire des morts.

— C'est du mytho ?

— Ben oui, j'suis désolé. Si j'étais homo-sexuel j'te l'dirais, mais là non.

Frida appelait.

— Oui ?

— Comment ça s'écrit qu'est-ce que c'est ?

L'écrivant au tableau en formant bien les

90

lettres, qu'est-ce que c'est m'a semblé une tour-
nure impossible.

— Pourquoi tu veux savoir ça ?

— C'était dans l'exercice à faire.

Lydia avait plus d'acné que d'habitude,
Mohammed riait tout seul de je ne sais quoi, je
tâcherais de m'en sortir avec le complément
d'objet indirect.

— Avant de passer à la correction, qui me
rappelle ce qu'est un C.O.I. ?

Personne.

— Personne ?

Khoumba savait mais ne dirait rien.

— Dico, une phrase avec un C.O.I. ?

— J'sais pas moi.

— Si, tu sais.

— J'sais pas c'est tout.

— Eh ben par exemple, dans « j'ai vendu ma
voiture à un homosexuel », « à un homosexuel »
est C.O.I.

— Pffffh.

Pouvoir du Football.

— M'sieur c'est trop charrier là.

Indifférence de seigneur.

— Et comment on fait quand on veut le rem-
placer par un pronom ? Quelqu'un sait ?

Non.

— Personne ?

Personne.

— Ben quand même.

Khoumba savait mais ne dirait rien.

— Quand on veut mettre un pronom à la place du C.O.I., les trois quarts du temps, c'est « y » ou « en ». J'ai rêvé de mes dernières vacances, ça donne j'en ai rêvé. « Je pense souvent à mon travail », ça donne « j'y pense souvent ».

Hadia n'a pas levé le doigt pour poser ce qui n'était qu'à moitié une question.

— Ouais mais comment on fait pour savoir ?

— Je te retourne la question.

Pour avoir le temps d'y penser.

— J'sais pas moi.

Je me souvenais maintenant.

— C'est facile, les compléments introduits par « à » donnent « y », et ceux introduits par « de » donnent « en ». Il y a des exceptions, mais dans ce cas c'est l'intuition qui finit le travail.

Elle a repris sur le même ton.

— C'est quoi la tuition ?

— L'intuition, c'est quand on fait quelque chose naturellement. Y'a des gens, si tu veux, pour eux « y » ou « en », c'est naturel. Bon mais pour ceux qu'ont pas l'intuition y'a quand même des règles.

Un élève a poussé la porte bleue sans frapper. Bastien a avalé son gâteau sec d'un trait pour lui demander de frapper et d'attendre qu'on l'y autorise pour entrer. L'élève a refermé la porte pour s'exécuter, personne n'a donné suite. Rachel avait ses chaussures rouges à talons épais, et plutôt bonne mine. Saisissant la sucrette, Sylvie s'est enquise de son absence de la veille. L'intéressée a souri et mis des points de suspension entre les mots.

— C'était pour des raisons religieuses. C'était Kippour.

Sylvie secouait en vain la sucrette au-dessus de son gobelet de thé. Pas plus que les autres, Rachel ne relevait les coups à la porte.

— Mes enfants sont contents. En plus mon mari est d'origine arabe, alors ils font le ramadan cette année.

Le sourire ne la quittait pas, gêne légère autant que joie d'en parler. J'ai demandé si Kippour était une fête palestinienne qui consistait à attaquer Israël par surprise tous les ans. Rachel n'a pas ri.

— C'est un jeûne c'est tout.

Sylvie non plus.

— Tu as jeûné ?

— Oui.

— Ça doit pas être facile.

— Non, mais c'est quand même un jour de repos.

Marie dépunaisait le grand débat national.

— Il faut faire quelque chose pour les cinquième 1, c'est une cata. J'ai compté cinquante-sept fiches incident et trente-quatre exclusions sur tous les profs.

— Il faudrait se réunir entre membres de l'équipe.

— Ouais.

Gilles avait le teint gris et des cernes qui chatouillaient ses lobes.

— Ça changera rien. Moi les quatrièmes c'est pareil qu'est-ce tu veux faire ?

— T'as l'air fatigué, toi.

— Ouais, j'sais pas.

Élise est entrée avec les commissures aux oreilles, refermant la porte sur le frappeur infatigable.

— Ils sont incroyables quand même.

La banane.

— J'marchais dans la cour, y'a Idrissa qui s'approche et qui m'fait eh madame vous êtes trop jolie. J'lui fais beh dis-donc Idrissa qu'est-ce qui t'arrive ? On parle pas comme ça à sa prof quand même. Il m'fait ouais mais là madame vous êtes trop jolie avec votre nouvelle coiffure, maquillée et tout.

Gilles n'avait pas la banane.

— De toute façon, j'sais pas, les sixièmes tu les retrouves l'année d'après en cinquième, un an après en quatrième, et un an après en troisième. C'est les mêmes, ils changent pas.

Marie a jeté le débat à la poubelle. La tête de l'élève est réapparue dans l'embrasure, Bastien veillait.

— Qu'est-ce qu'on t'a dit ? On t'a dit d'attendre.

— Non, vous m'avez dit il faut je frappe et après vous dites si je rentre.

— Et alors, j'ai dit d'entrer ?

— Mais c'est la prof de SVT elle a dit faut j'vienne.

La prof de SVT était Chantal avec une miette de pepito collée à la lèvre inférieure.

— C'est vrai, je lui avais demandé. Je voulais que tu fasses signer ton carnet, Baidi.

— Mes parents ils sont pas là.

— Comment ça ?

— Ils sont au bled.

— Et t'as pas des frères et sœurs ?

— Wesh y'a mes grands frères.

— D'abord on dit pas wesh, et après tu leur feras signer à tes grands frères.

— Ils sont pas là.

— Ils sont pas là ?

— Non, ils sont au bled.

— Bon écoute, débrouille-toi, moi j'veux que ce soit signé pour lundi.

Elle a repoussé la porte sur Baidi puis s'est retournée, secouant la tête.

— J'te jure.

Jennyfer pleurnichait sur son 5, consolée par Habiba qui avait 4. Hakim laissait sa copie notée 17 passer de table en table jusqu'à atteindre Lydia, ongles d'une seule main vernis noir, qui n'avait pas tombé sa doudoune.

— L'autre il fait style c'est grâce à lui 'or que c'est sa grande sœur elle fait tout.

— Ferme ta bouche toi.

Il s'est interrompu pour couper le portable qui sonnait à son cou.

— Je confisque, Hakim ?

— Non non c'est pas la peine.

J'ai demandé qu'ils ouvrent leur agenda au lendemain mardi, puis commencé à dicter le travail à faire. Aissatou et Faiza se sont lancé un regard entendu et ne notaient pas.

— Qu'est-ce qui se passe, les filles ?

— Demain on n'est pas là.

— Comment ça vous êtes pas là ?

— C'est l'Aïd.

Soumaya a relevé la tête au fond de la classe.

— C'est pas sûr c'est demain.

Dix ont commencé à débattre de la question, j'ai essayé de dominer la mêlée d'hypothèses divergentes.

— Y'a combien de chances que ce soit demain ?

— 90%.

— 99%.

— On peut pas savoir.

— Si, c'est demain.

— Faut voir la lune, c'est tout.

Au bout de deux minutes cacophoniques, j'ai coupé court.

— Qui ne sera pas là si c'est demain ?

Cinq n'ont pas levé le doigt.

— O.K., ouvrez votre agenda à jeudi.

À côté de mon père en uniforme, ce détail, somme toute assez commun, conférait pourtant à la photo sa singularité. Je leur ai laissé dix minutes pour relever les compléments dans la phrase. Au bout de dix secondes, Fayad a levé le doigt.

— Ça veut dire quoi conférait ?

— Conférait c'est comme donnait. Ça veut dire donnait à la photo sa singularité.

Tous les autres ont barré ce qu'ils avaient commencé à faire. Salimata a levé le doigt, trois bracelets par bras, quatre colliers par cou.

— Ça veut dire quoi singularité ?

— Ça veut dire originalité. Tu comprends, originalité ?

— Oui, ça veut dire que c'est beau.

— Non, ça veut dire que c'est particulier. Là, ça veut dire que le détail donnait un côté particulier à la photo.

Quand Alyssa cherche, son crayon en pâtit le monde s'embellit.

— Ça veut dire quoi déjà quand on va chez un particulier ?

— Oh là là, c'est autre chose ça. Ça va nous embrouiller.

Mezut n'avait pas besoin de ça pour s'y perdre.

— M'sieur la phrase elle commence où ?

— Ben quand même, Mezut. La phrase c'est tout ce que j'ai écrit au tableau. Ça commence par la majuscule et ça termine par le point. Quand même.

Il y a eu une minute de pur silence, rompu par un éternuement et par Cynthia.

— Monsieur je comprends pas pourquoi y'a somme au milieu de la phrase.

— Somme, t'es sûre ?

Je me suis penché sur la feuille.

— Ah oui d'accord, somme toute. En fait le somme va avec le toute, ça fait somme toute, c'est comme un seul mot. Somme toute ça veut dire... somme toute c'est comme au bout du compte. Ce détail au bout du compte original, enfin non là ça marche pas vraiment, mais disons que c'est un peu ça, somme toute. C'est un peu comme au bout du compte.

Ils se sont remis au travail, plus satisfaits que moi.

— Vous avez qu'à laisser tomber somme toute, dans la phrase ça sert à rien, on peut très bien l'enlever.

Alyssa a desserré l'emprise de ses dents sur le crayon.

— Pourquoi ils l'ont mis si ça sert à rien?

— D'abord c'est pas il au pluriel, c'est il au singulier. Le gars qu'a écrit ça, il est tout seul.

— Si le gars il a mis somme toute, nous on peut pas l'enlever, sinon ça veut dire ça sert à rien.

— Non, pas vraiment, mais pour les compléments ça sert à rien.

— Donc on le garde.

— Voilà. On le garde mais on le regarde pas.

— C'est obligé qu'on le regarde.

— Bon alors tu le regardes un bon coup et après tu finis l'exercice parce que là on a plus le temps.

Assise sous les deux paysans peints, Rachel trouvait que ça ne se faisait pas.

— Qu'ils fêtent l'Aïd, O.K., mais qu'ils en profitent pour sécher deux jours, ça s'fait pas. On se retrouve avec des classes de six, ça rime à quoi?

Grignotant un gâteau sec, Bastien écoutait d'une oreille assoupie et pour tout dire s'en foutait. S'approchant du coin salon, le CPE Christian a distribué à qui se trouvait là une feuille tapuscrite. Mes très chers collègues, je me per-

mets de vous solliciter pour venir en aide à Salimata, élève de quatrième 1, qui vient de perdre
son père alors que ce dernier se trouvait en
vacances chez lui aux Comores et s'apprêtait à
revenir en France. Son père a été enterré au pays
et il n'a donc pas été possible à Salimata et sa
famille d'assister aux funérailles. Le prix du billet
d'avion est de l'ordre de 1 200 euros. Il est fort
probable pour cette raison que Salimata ne
puisse se rendre de sitôt auprès des siens. Or c'est
une des conditions essentielles pour commencer un travail de deuil. C'est pourquoi je vous
demanderai de bien vouloir apporter une aide
financière à l'élève et sa famille en déposant de
l'argent dans une enveloppe réservée à cet effet
au secrétariat. Salimata est une élève plus que
sérieuse et mérite toute notre sympathie et notre
compassion.

Rachel n'avait pas encore vidé l'outre.

— L'Aïd ça dure un jour, point. Faut pas
abuser.

Élise a consenti à reprendre au bond la balle
perdue.

— Tu m'diras, moi d'avoir que six élèves en
cinquième 1 ça m'arrange.

La balle à Julien.

— Moi j'suis dégoûté, j'les avais ni hier ni
aujourd'hui. Ça a sonné ?

Il savait bien que oui, ne serait-ce qu'à regarder Bastien qui venait de se lever, précipitant

dans le vide les miettes de gâteau sec accrochées à son pull.

Je l'avais déjà reprise deux fois. Elle n'y était toujours pas.

— Ndeyé, mets-toi au travail.

— J'parlais pas, là.

— Tu copies pas non plus la définition au tableau.

— C'est fait j'ai tout copié c'est bon.

— Tu veux qu'je vienne voir ?

— Si vous voulez.

Cette dernière réplique sur un ton de défi. J'ai fait deux pas vers le fond.

— Tu veux vraiment qu'je vienne voir ?

— Ben oui c'est bon.

Même ton, Indianapolis 53 gondolé par sa poitrine. Je me suis encore avancé, juste assez pour apercevoir les lignes couchées sur son cahier. J'ai fait demi-tour.

— Ce que j'veux, c'est qu'tu te taises.

— Mais j'parlais pas, là !

— Tu te tais j'ai dit.

J'effaçais le tableau par contenance.

— Tsss.

— Et les bruits de bouche j'en veux pas non plus.

Elle a tipé à nouveau.

— Bon, tu sors dans le couloir et tu viendras me voir à la fin de l'heure j'aurai une surprise pour toi.

Elle est sortie tssss. Alyssa avait autre chose à penser, les yeux en forme de point d'interrogation.

— M'sieur, c'est quand on utilise le point-virgule ?

— C'est assez compliqué. C'est à la fois plus qu'une virgule et moins que les deux points. C'est assez compliqué.

— Ben oui mais alors ça sert à quoi ?

— Il vaut mieux pas trop se compliquer la vie avec ça.

— Pourquoi vous en avez mis un au tableau ?

Le conditionnel <u>mode</u> sert à exprimer quelque chose d'<u>hypothétique</u> ; le conditionnel <u>temps</u> est un <u>futur dans le passé</u>.

— Oui, mais bon c'est compliqué.

Fayad ne pensait ni au point-virgule, ni au conditionnel, ni à la grêle au-dehors, ni à la sonnerie qui a fait battre les plumes et réapparaître Ndeyé qui après un passage par sa table, s'est approchée pour tendre son agenda Happiness in Massachusetts, où j'ai écrit rédiger des excuses en vingt lignes.

— Pourquoi j'm'excuserais ?

— Parce que tu fais des guerres à deux francs.

— J'fais pas des guerres, pourquoi vous dites ça ?

— J'me comprends.

— En plus on dit pas franc, on dit euro.

— D'où ça t'intéresse ? t'auras jamais d'argent.

Hadia avait écouté, passant son sac dans son dos.

— Toujours vous charriez, m'sieur.

— On t'a demandé quelque chose toi ?

— Non.

— Bon.

— Mais beaucoup ils pensent vous charriez trop.

— Et toi t'en penses quoi ?

— Moi personnellement ?

— Toi personnellement.

— Moi j'pense vous charriez trop.

— Oui mais toi tu m'aimes pas.

— Ah ça c'est vrai j'vous aime pas beaucoup.

— Eh ben moi non plus j't'aime pas beaucoup.

— J'suis désolé mais les quatrièmes c'est la plaie.

Le propos de Gilles n'est parvenu qu'à une oreille de Bastien qui cherchait où se branche le duplicateur.

— Les cinquième 1, c'est pire. Il faudrait qu'on fasse une réunion avec toute l'équipe.

— En plus à cette période ils sont deux fois plus agités, les quatrièmes.

Bastien renonçait à photocopier.

— J'suis désolé mais les cinquième 1, il était temps que le ramadan se termine.

Sur le tableau d'information en liège, quelqu'un avait punaisé la photocopie d'un document titré La Réforme des bulletins scolaires et qui consistait en une simulation caricaturale. La colonne de gauche superposait les matières, celle du milieu proposait une appréciation dite d'« avant », et la dernière de « maintenant ». Français, avant : niveau catastrophique en orthographe ; maintenant : Jean fait preuve d'une grande créativité et d'une écriture personnalisée. Maths, avant : manque de rigueur à l'écrit, oral inexistant ; maintenant : sens artistique très développé, élève discret qui sait prendre du recul. Biologie, avant : élève instable et dissipé, Jean est incapable de se concentrer en cours ; maintenant : le professeur regrette de n'avoir pu/su capter l'attention de Jean en classe. Arts plastiques, avant : oublis de matériels beaucoup trop fréquents ; maintenant : Jean refuse d'être victime de la société de consommation.

Line revenait des lavabos tenant une tasse par l'anse. Elle s'est laissée tomber dans un des fauteuils. Elle a choisi Géraldine dont la machine à café ne voulait pas de la pièce de cinquante.

— Les troisième 1 ils m'ont encore mise à bout.

— Tu m'étonnes.

— C'est Djibril, il m'fait ouais les espagnols c'est des racistes. J'lui dis écoute Djibril des racistes y'en a partout, mais en Espagne pas plus qu'ailleurs. Là-dessus ils se mettent tous à gueuler que ouais c'est vrai les Espagnols c'est des racistes. Des vrais sauvages, j'te jure.

Géraldine s'était rabattue sur une pièce de vingt, que n'avalait pas mieux la machine. Line a soufflé sur son thé, enveloppant la tasse de ses deux mains.

— J'leur dis écoutez, vous pouvez comprendre que ça m'touche que vous disiez ça, parce que c'est un pays que j'aime beaucoup, l'Espagne. Comme une conne j'pouvais pas m'empêcher d'répondre, tu vois.

Dix centimes non plus.

— Tu m'étonnes.

— En fait ils sont aussi racistes que les autres. Ils ont une espèce de racisme anti-Blanc, c'est dingue.

— T'aurais pas des pièces de cinq?

— Si si.

Elle s'est redressée pour fourrager d'un doigt dans une poche de jean.

— Le colonialisme, OK, mais là ça va y'a prescription.

Géraldine s'efforçait d'amadouer la machine par des gestes doux.

— Moi j'ai une copine juive, tu vois, ben les

Allemands maintenant c'est bon, elle fait plus une fixation.

— Voilà, exactement.

Géraldine lui a restitué ses pièces infructueuses.

Monsieur je m'excuse d'avoir agi ainsi je m'emporte beaucoup trop vite, et j'essaie de calmé cela. J'ai appris que c'étais mal d'agir comme je venait de le faire et c'est pour cela que je ne le ferait plus. Veuillez accepté mes s'insère excuse. Ndeyé

Avant de sortir, Sandra a déversé quelques volts sur le bureau.

— M'sieur c'est du narratif la république?

— Tu veux dire La République, le livre?

— Ouais.

— Comment tu connais ça, toi?

— J'suis en train de le lire.

— Non?!

— Ben si, pourquoi?

— Qui c'est qui t'a conseillé ça?

— C'est ma grande sœur.

— Elle fait de la philo, ta grande sœur?

— Elle est biologiste.

— C'est bien, ça.

— C'est du narratif, alors, La République ?

— Ben non, en fait ça serait plutôt de l'argumentatif.

— Ah ?

— Tu vois qui c'est, Socrate, le type qui parle tout le temps ?

— Oui oui oui, c'est tout le temps lui qui parle, c'est trop marrant.

— Bon, en fait lui c'est un personnage inventé, enfin on sait pas trop, donc là-dessus on peut dire que c'est comme un personnage.

— Il a un peu existé ?

— Ben oui mais non, enfin c'est pas le plus important. Le but c'est surtout qu'il parle de plein de choses avec les gens qu'il rencontre.

— Oui oui il arrête pas, c'est trop bien.

— En fait Socrate c'est un type il arrive sur l'agora, l'agora c'est une sorte de place où ils sont tous, et là il écoute les gens et après il leur dit eh toi qu'est-ce que tu viens de dire là ? t'es sûr que c'est vrai ce que tu viens de dire ? Des choses comme ça.

— Oui oui c'est comme ça qu'il fait j'adore.

— Et bon voilà ils discutent, c'est comme de l'argumentation.

— D'accord.

— Mais c'est vachement bien que tu lises ça, dis-donc. Tu comprends c'que tu lis ?

— Oui oui ça va, merci m'sieur au revoir.

— C'est bizarre parce que c'est pas fait pour les pétasses d'habitude, ce livre.

Elle a souri en se retournant.

— Ben si, comme quoi.

Déballant sa trousse métallique pour en sortir des stylos dont il n'aurait pas l'usage, Dico chuchotait une parodie de chinois en direction de Jiajia déjà assise. Des sons suraigus avec beaucoup de i. Elle échouait à jouer l'ignorance, réprimait des mines consternées et impuissantes. Douée de verbe, elle aurait contre-attaqué. Pendant qu'on prenait place, je me suis penché sur lui.

— Moi je pensais que des gens comme toi ils étaient bien placés pour pas faire de racisme.

— J'suis pas raciste moi ça va pas.

Je me suis encore avancé. Nos yeux se touchaient.

— Je n'ai pas dit que tu es raciste, essaie de comprendre avant de gueuler, j'ai dit que des gens comme toi ils seraient bien placés pour pas faire de racisme.

Il a encore ânonné une objection pendant que je me repositionnais, demandant qu'on prenne une feuille et la correction de la rédaction. J'ai fait une colonne avec les mots familiers qu'on ne devait pas écrire, et à côté une autre colonne avec leur conversion acceptable. À gauche engueuler, à droite gronder, ou réprimander, ou tancer. À gauche galère, à droite souci, ou désœuvrement. À gauche Macdo, à droite MacDonald's, ou fast-food. À gauche super belle, à droite très belle, ou éblouissante, ou magnifique, ou superbe.

— Évitez aussi le trop belle. Si vous voulez dire très belle, dites très belle. Mais pas trop belle. Trop, ça veut pas dire très, ça veut dire trop. C'est péjoratif, si vous voulez. Quand je dis j'ai trop mangé, ça veut dire que j'ai mangé au-delà du raisonnable, que si ça se trouve je vais être malade. Et si je dis que j'ai trop bien mangé, ça veut pas dire que je suis content, ça veut dire que, je sais pas, ça veut dire que c'est une honte de manger si bien, vu par exemple qu'il y en a dans le monde qui ne mangent pas à leur faim. OK?

— Ça veut dire quoi péjoratif?

Frida n'avait pas levé le doigt. Je me devais de ne pas répondre, sans quoi j'entérinais une entorse aux règles de vie collective.

— Péjoratif, ça veut dire négatif. Un jugement péjoratif, c'est quand on critique quelqu'un. Par exemple, si je dis que Dico est idiot de ne pas prendre la correction de la rédaction, c'est péjoratif.

En effet, il n'avait pas sorti de feuilles, se contentant de souffler des pfffffh intermittents.

L'heure écoulée, il était le dernier à ramasser ses affaires, volontairement peut-être.

— M'sieur pourquoi vous dites que j'suis raciste, j'suis pas raciste c'est bon.

— C'est quoi alors quand tu fais l'accent chinois? C'est quoi si c'est pas du racisme?

— J'suis pas raciste moi.

— C'est quoi alors?

— C'est pour rire.

— Vraiment c'est pour rire? Tu crois qu'ça l'amuse Jiajia?

— Ben oui ça l'amuse.

Il est parti comme éjecté de sa chaise, me frustrant d'un sermon que j'aurais tourné implacable et poignant.

Kantara était le suivant sur la liste. Les avis ont commencé à courir le long du U.

— Un trimestre pour rien.

— Il ne fait rien, mais alors rien de chez rien.

— C'est surtout le comportement.

— Il est intenable.

— C'est bavardages sur bavardages.

Le regard du principal glissait sur le U au gré des prises de parole.

— Alors qu'est-ce qu'on fait? On l'avertit?

Une approbation collégiale a parcouru le U, le principal a armé son stylo.

— Avertissement travail ou conduite?

Le U s'est à nouveau morcelé.

— Travail, c'est le minimum.

— Oui, travail.

— Et conduite, quand même.

— Oui, conduite, c'est la moindre des choses.

— Travail et conduite, en fait.

Le stylo principal était suspendu au-dessus du bulletin.

— Avertissement travail et avertissement conduite?

Une approbation collégiale a parcouru le U, le stylo s'est abattu sur le bulletin.

— Avertissement travail et de conduite, c'est noté. On passe à Salimata.

— En sport, c'est une vraie gazelle.

— En maths, ce serait plutôt une pie.

Le principal s'est tourné vers ceux qui n'avaient pas encore délivré leur diagnostic.

— Alors? Pie ou gazelle?

Sur son sweat, Léopold n'avait qu'une licorne aux naseaux enflammés par son fiel démoniaque.

— Moi c'est surtout l'agressivité. Ça doit venir de sa mère. Je l'ai reçue, elle est pareille.

Une bourrasque a giflé la vitre côté cour sans que Géraldine ne s'en trouble.

— Je crois que son père est décédé en milieu de trimestre.

En tant que CPE, Serge en savait davantage.

— En tant que CPE, je peux peut-être en dire

111

davantage. Son père est effectivement décédé il y a un mois, mais ça faisait trois ans qu'il avait quitté le foyer familial.

Moues sceptiques de Jacqueline, Léopold et Line.

— Oui, bon alors ça change pas grand-chose.

— Moi j'l'ai pas vue traumatisée, loin de là.

— De toute façon ses résultats ont été mauvais dès septembre.

La déléguée des parents d'élèves a pris la parole pour la première fois.

— Je crois savoir que ses résultats se sont dégradés depuis trois ans, justement.

Moues sceptiques de Line, Jacqueline et Léopold.

— Oui enfin bon.

— Comme par hasard.

— C'est un peu facile aussi.

Détaillant le bulletin, le principal se demandait.

Claude et Chantal essayaient d'en raisonner deux emmêlés sur le béton de la cour intérieure. Dans l'hypnose d'après quatre heures de cours je n'ai pas hésité. Penché pour les séparer, j'ai tiré l'un par la capuche et repoussé l'autre qui s'agrippait au premier. Il est tombé sur les fesses et sa tête a cogné. J'ai pensé merde.

— Ça va pas non de s'battre comme ça ?

Il se relevait.

— Pourquoi tu m'pousses ?

— Comment ? Qu'est-c'que j'ai entendu, là ?

— D'où tu m'pousses ?

L'autre pugiliste avait pris le large, échappant à Claude et Chantal qui me regardaient.

— On tutoie pas les profs !

— T'as qu'à pas me pousser.

— On tutoie pas les profs, j'ai dit.

Il essayait de partir, je le retenais par la manche. Je crachais de la buée par les naseaux.

— Excuse-toi.

Il se libérait en se cambrant, je le suivais sur trois mètres, l'agrippais à nouveau. Cinq ou six fois comme ça.

— Excuse-toi !

— T'as qu'à pas m'pousser.

— On tutoie pas ses profs.

Je parlais en serrant les incisives.

— Excuse-toi !

Une dizaine d'élèves nous entouraient, et parmi eux Claude et Géraldine qui n'en revenaient pas.

— Tu veux qu'on aille chercher quelqu'un ?

— Non non c'est bon laissez-moi. Excuse-toi, toi.

Il m'avait encore échappé, je l'ai rattrapé en trois pas puis agrippé de ma main libre le sac.

— Excuse-toi.

— Pourquoi vous m'postillonnez d'ssus ?

113

— Je postillonne où j'veux, excuse-toi.

— Pourquoi tu m'as poussé?

— Arrête de m'tutoyer.

Je criais entre mes dents, la cour clairsemée d'avant la cantine avait convergé en cercle autour de nous.

— C'est quoi ton nom?

Je le secouais maintenant, pour qu'un mot tombe de sa bouche, n'importe quoi qui me sauve. Le principal est apparu au-dessus de mon épaule.

— Alors, Vagbéma, qu'est-ce qui se passe encore?

— Ça fait cinq minutes qu'il me tutoie.

— Qu'est-ce que c'est que ça tutoyer un professeur Vagbéma? Qu'est-ce que ça veut dire?

— Je le laisse s'il s'excuse.

— Présente tes excuses, Vagbéma. Présente tes excuses immédiatement.

— Je m'excuse.

Sans un mot, j'ai lâché prise puis fondu sur la porte de la salle à dix mètres. Dans mon dos le principal continuait à le sermonner pour me sauver la baraque.

— Tu fais tes excuses à qui? Il a un nom, le professeur, tu sais.

— J'sais pas c'est qui.

Ils s'ennuyaient ou suaient au-dessus d'une rédaction. Éclaireuses de l'orage, de petites giclées horizontales ont commencé à souiller les vitres. Une première, une deuxième, dix, trente, je n'avais pas remarqué qu'il n'y avait que trois arbres dans la cour, si on m'avait demandé j'aurais dit quatre ou cinq, la mémoire visuelle c'est quelque chose, c'est comme quand on se représente un temple grec en imagination, eh bien on ne peut pas compter les colonnes, alors que si on l'avait là devant on pourrait, mais là en imagination c'est impossible à se rendre fou, comme un chat devant son reflet, ou qui court après sa queue, à quoi ça sert une queue d'animal ? forcément ça sert parce que tout sert dans la nature, quoique les rayures des zèbres il n'y a rien de sûr, il paraît que c'est pour séduire l'autre sexe mais pourquoi pas des pois ? et pourquoi pas des rayures plutôt que des pois sur le pelage des

— M'sieur ça s'écrit comment égalité ?

C'était sans doute Khoumba qui avait posé la question, mais elle se planquait derrière Dianka. Je l'ai écrit au tableau, en majuscules pour que ce soit plus net. Djibril, Foot Power, s'est redressé avant les autres. Sourd à mon conseil de se relire, il a déposé sa feuille sur le bureau.

Sujet : Sur le modèle du texte étudié en classe, prendre à partie un interlocuteur fictif, sur le thème « nous ne sommes pas du même monde ».

Un jour prenant le métro pour me rendre dans mon collège et en sortant du métro je me cogna avec un garçon, s'était un français s'étai de sa faute alors je lui demanda de me dire pardon. Il me répondit « nous n'avons pas la même valeur ». Je lui répondit à mon tour « de quoi est-tu si différent de moi ». Il me répondit « je vais te dire, pendant que toi tu est chez toi en train de dormir moi je suis entrin de faire la fête pendant que toi tu vas à l'école moi je suis entrin de jouer au je vidéo voilà la différence ».

Pour le monsieur de la cour.

Monsieur je suis désolé de ne pas vous avoir écouté quand je me suis battu avec mon frère Désiré, et de vous avoir tutoyé. Cela ne se reproduira plus. Je vous prie d'accepter mes excuses. J'ai très mal agi envers vous. Vagbéma, cinquième 1.

La demi-feuille à petits carreaux sentait l'orange. J'ai pensé qu'ils faisaient des feuilles parfumées maintenant, mais sortant un manuel du casier il sentait aussi. J'ai tendu le bras vers le fond et tâté pour trouver le fruit. Bientôt il était là au bout de mes doigts, mou et moisi.

Quand il précède un t, le i des verbes en aître et oître prend, au présent de l'indicatif, un accent circonflexe. Ayant écrit, j'ai épousseté mes cuisses tachées de craie avec mes mains tachées de craie.

— Quand tu auras fini de copier, Abderhammane, tu viendras conjuguer le verbe croître.

Il s'est levé, a calé sa banane bien au centre sous son blouson New York Jets, enjambé le pied de Fayad tendu en croche-patte sur son passage, dépassé Alyssa dont le visage est une question, pris une des craies posées sur le rebord métallique. Hésité sur la première personne. Sur la deuxième. Sur la troisième. Fini par tracer quelque chose qu'il a effacé.

— J'sais pas m'sieur.

— Mais si, tu sais. Commence par vérifier tes terminaisons.

Alyssa fronçait, il a remplacé le t par un s en bout de « je crois ».

— Ben tu vois, maintenant c'est bon, et tu as bien pensé à l'accent circonflexe à la troisième personne. Continue.

Il a écrit nous croîtons vous croîtez ils croîtent, Alyssa fronçait.

— Tu peux retourner à ta place merci. Au moins on peut dire qu'il est logique parce qu'à chaque fois qu'il y a un t derrière le i, il met un accent circonflexe. Donc là-dessus c'est bien, Abderhammane, tu as fait attention à la règle.

Le seul problème c'est qu'on dit pas nous croîtons. On dit comment?

J'avais interrogé à la cantonade, la cantonade restait interdite.

— Quel nom on construit à partir de croître? Un terme d'économie.

Avec leurs bouches ils ont fait des crrr qui cherchaient une voyelle sur quoi se refermer.

— On en parle beaucoup en ce moment.

— Noël?

— Non, un terme d'économie.

— L'argent?

— On cherche un mot construit à partir de croître.

— Le business?

— À partir de croître, j'ai dit.

— Faire des courses?

— Non, Mezut.

Les crrr avaient cessé, les énergies se décourageaient. Alyssa a levé le doigt sans cesser de mordre dans son stylo, et la question pendue à son front a volé jusqu'à moi.

— Monsieur, croître ça veut dire quoi?

— C'est comme grandir.

— Pourquoi on le dit jamais?

— Ça dépend qui.

— Vous le dites vous?

— Tout le temps.

Entre moi et les potentiels parents visiteurs, j'avais ajouté l'épaisseur d'une table à celle du bureau. Moyennant quoi, j'ai dû décoller un peu les fesses pour égrener du doigt les notes du bulletin d'Amar à l'intention de son père et de sa mère. Comme eux ne faisaient pas le geste symétrique, j'ai cru l'espace d'une seconde qu'ils ne savaient pas lire, bien qu'ayant souvenir que si. Dans le doute, j'ai préféré continuer sans le support papier.

— Il est gentil Amar, ça fait aucun doute, mais les bavardages on sait plus comment faire.

Leurs têtes désolées acquiesçaient. Elle était voilée, lui pas.

— En tant que prof principal, je crois que ça lui passera tout seul, nous on y peut rien, c'est tout seul que ça passera.

Ils hochaient dans les deux sens, je meublais.

— C'est pour ça il faut pas trop paniquer, moi je crois que ça passera tout seul. Il faut pas trop lui en vouloir. Il est gentil. Ça passera. Tout seul.

Ils se sont levés d'un seul homme. Ayant serré ma main, elle a porté furtivement la sienne à son cœur.

— Bonnes vacances, merci pour nous accueillir. Portez-vous bien.

Sans attendre que je l'en prie, une mère blanche avait investi une des deux chaises.

— C'était pour parler de Diego.

— En bien, je crois qu'il y a des gros problèmes de bavardage.

— En fait il y a eu des histoires avec son père, vous êtes au courant ?

— Non mais il se trouve que l'équipe pédagogique est unanime sur les bavardages.

— En fait son père essaie de récupérer une partie de notre patrimoine, l'autre jour il nous a même envoyé un huissier vous voyez le genre. Alors forcément ça le perturbe.

— Avant d'être perturbé, il est surtout très perturbant.

— En fait l'an dernier il y eu la mort de son grand-père, ça l'a beaucoup touché et depuis il a du mal à se concentrer.

— Oui, ça on l'a constaté. Et je crois que

— en fait ça lui fait deux référents masculins en moins d'un coup, et forcément il a tendance à surinvestir sur vous parce que malgré tout vous êtes un référent adulte.

— Ah ?

— En fait dans ce genre de schéma il faut sceller un pacte de filiation et d'apprentissage et comme vous ne l'avez pas scellé, forcément il développe une conduite d'échec.

— C'est-à-dire qu'il développe d'abord une conduite d'embêter tout le monde.

— En fait il est en demande. Il est en souffrance de lien et il cherche à le créer.

— Oui je comprends.

Je m'étais levé, faisant signe au suivant d'approcher. La mère blanche a tardé à comprendre le congé qu'on lui donnait.

— Ce sont des enfants avant d'être des élèves, il faut que vous le sachiez.

— Oui oui, au revoir madame. Bonjour monsieur. Asseyez-vous je vous en prie. Vous êtes monsieur ?

À travers la couche d'accent, j'ai perçu le patronyme de Fangjie.

— Ah, d'accord, Fangjie. Bon, Fangjie, le français c'est pas encore ça.

Pour son père non plus, qui me regardait en souriant et sans comprendre. Mains et grimaces sont venues au secours de mes mots.

— Français, pas terrible. Progrès, vite. Sinon, dur.

Il a souri, a pris sans le regarder le bulletin que je lui tendais, a souri à nouveau.

— Au revoir, monsieur, merci d'être venu.

A souri encore en croisant la mère de Teddy, qui s'est spontanément présentée comme telle.

— Bon je sais que Teddy se tient pas comme il faut, mais vous savez c'est très dur parce que sa grande sœur est morte, et voilà c'est très dur, elle s'occupait bien de lui et tout et maintenant elle s'occupe plus, alors voilà, les mathématiques elle les faisait avec lui, quand elle avait le temps on va dire parce qu'elle travaillait sur les marchés, parce que son mari travaillait là-bas et quand il est parti, ben, elle a plus travaillé jusqu'à ce qu'elle trouve des ménages à faire dans un hôtel, comme moi je peux plus travailler à cause de mon cœur elle était obligée, fallait prendre tout ce qu'elle trouvait, même si c'était loin, au début elle y allait en bus mais ça la faisait rentrer trop tard, alors elle a demandé la moby-lette à son cousin, c'est comme ça qu'elle a eu l'accident, Teddy il m'a dit qu'il voulait lui acheter un collier de perles, moi je lui ai dit c'est trop tard maintenant mon pauvre petit.

Une boîte de chocolats plate occupait le milieu de la table ovale, moitié des cases vide, moitié des cases pleine. Les doigts hésitants de Claude, Danièle, Bastien et Léopold la survo-laient en s'agitant, puis s'abattaient sur la confi-serie élue.

— Les chiens, moi, non merci.

— Le chat, en voilà un animal qu'il est bien. Léopold a acquiescé.

— Moi j'en avais un avant.

— Moi j'en ai toujours un.

— T'as du pot.

— Le matin, j'adore quand il vient te réveiller en ronronnant.

— Moi le mien c'était pareil.

— Par contre après c'est terrible quand il faut partir et lui il est là à te ronronner dans les pattes, t'as encore moins envie d'aller au boulot.

Léopold a acquiescé. Gilles, non.

— Les chats c'est hypocrite, ça ronronne et une fois que ç'a bouffé tu les revois plus pendant trois jours.

— T'as pas l'air bien toi ?

— C'est noël, ça me déprime.

Léopold et Line ont acquiescé.

— M'en parle pas.

Marie avait la tête plongée dans le ventre de la photocopieuse.

— Ça serait bien que le père noël il nous apporte le recto verso. Quelqu'un sait comment ça marche ?

Claude a été le premier à réagir à la sonnerie.

— Bonnes fêtes si je vous revois pas.

Danièle s'est levée pesamment.

— Allez, plus que trois heures.

Bastien lui a emboîté le pas.

— Plus que deux pour moi.

Léopold lui a emboîté le pas.

— Moi, plus qu'une.

La salle était presque vide. Des pas précipités ont précédé Danièle qui a fondu vers la boîte de craies de couleur qu'elle avait oubliée.

— Ben t'es encore là, toi ?

— Oui.

— Tu couches là pendant les vacances ?

Vingt-six

Je me suis arrêté à la brasserie. Une sexagénaire édentée larguait sa cendre au pied du comptoir en cuivre. Elle a demandé au serveur en livrée le nouveau prix des Marlboro.

— Cinq euros.

— Putain.

— Faut bien.

— On est dans le trou du cul de l'hiver.

Dehors, le dos de Claude marchait dans la nuit. Le rattrapant à hauteur du boucher chinois, j'ai tendu la main. Il a eu un sourire étique mais affable.

— Alors?

Nous avons poussé à deux la grande porte en bois massif, puis déposé un bonjour devant le bureau ouvert de Serge le CPE.

— Meilleurs vœux.

Dans la cour intérieure aux arbres frigorifiés, l'agent Mahmadou avait appuyé une échelle contre le mur mitoyen à la maternelle. Il a gravi six degrés, allongé le cou pour ouvrir l'angle de vue, semblé tenté de passer de l'autre côté, renoncé.

Derrière la porte bleue, la salle était vide, sauf Valérie qui consultait ses mails.

— Bonne année tout ça tout ça.

Mon casier ne supportait plus son odeur d'orange.

— La santé surtout.

Dico tardait à s'engager dans les escaliers à la suite des autres.

— M'sieur c'est possible changer de classe?

— Non.

— C'est possible avoir un autre prof de français?

— Dépêche-toi.

Le gros de la troupe attendait devant la salle de physique. Frida prodiguait un récit qu'un demi-cercle de filles buvait.

— J'lui fais le jour où tu m'tapes j'te jure tu vas mourir, il était complètement en panique, il m'fait d'où tu crois j'vais t'taper? J'lui fais c'est ma cousine elle est

— allez, on rentre.

On est rentré, s'est réparti dans les rangs, assis, calmé. La salle sentait le propre et une humidité de désœuvrement. J'ai demandé à Kevin d'aller chercher de la craie en salle des profs. Il a soupiré par réflexe mais était heureux d'échapper à cinq minutes d'ennui.

— Ça te fera un peu de sport.

Il a souri en refermant la porte sur lui. Rangée de gauche, premier rang, Dico a chuinté.

— Vous vous en faites même pas du sport.

J'ai feint de n'avoir pas entendu, il a élevé la voix.

— J'suis sûr vous êtes nul en sport.

Il ne fallait pas relever.

— J'suis sûr en sport vous êtes nul.

— Tu crois?

— Vous êtes nul en sport j'suis sûr.

— T'es sûr?

Ce disant je me suis passé les deux mains sur le visage, affectant la décontraction. Après quoi mon regard est tombé sur celui souriant de Frida.

— Vous êtes énervé monsieur?

— Pourquoi? J'ai l'air?

— Vous êtes tout rouge.

— C'est parce que je me suis frotté les yeux.

— Plus vite on commencera, plus vite on aura droit à la galette.

Le principal attendait que chacun ait pris place dans le U. Après quelques informations génériques, il a fait tourner son stylo entre ses doigts.

— Pour ma part, je ne suis pas favorable au redoublement pour les troisièmes. Il faut savoir qu'au lycée il y a de quoi accueillir tout le monde, filières professionnelle et générale confondues.

J'ai sorti une feuille. Gilles avait fait une indigestion d'huîtres une semaine avant.

— J'suis désolé mais j'vois en troisième, y'a des élèves ils ont même pas le niveau de sixième, qu'est-ce qu'ils vont faire en seconde?

Le stylo principal roulait entre ses mains.

— Vous savez, il y a des élèves complètement perdus au collège qui dans le professionnel révèlent des qualités.

Bastien a repris le flambeau.

— J'suis désolé mais pourquoi ceux-là on les sort pas du collège avant? Les cinquième 1 par exemple, ils révéleront rien du tout.

Le principal a enchaîné pour ne pas rétorquer :

— Je me dois aussi de vous rappeler que le Bulletin officiel déconseille de donner des lignes à copier.

Certains se sont reconnus, dont Léopold.

— J'suis désolé mais moi je me souviens qu'à l'IUFM ils nous disaient un truc très intéressant, pour une fois que c'était intéressant ça m'avait marqué. Ils disaient que donner des exercices comme punition, ça associait exercice et punition dans l'esprit des élèves et donc après les élèves voyaient tous les exercices comme des punitions. Donc partant de là, des lignes c'est pas plus mal.

Géraldine a pris le relais.

— En plus, on est dans un collège où les gamins savent pas écrire, donc tu leur donnes un exercice ils te rendent trois crottes de mouche. Au moins, cinquante lignes c'est cinquante lignes.

L'intendant Pierre est apparu, portant les galettes dans le panier de ses bras. Le principal a enchaîné pour ne pas rétorquer :

— Vous savez que le problème se pose quasiment de la même manière pour les avertissements et les blâmes au conseil de classe. Ils ne sont tout simplement pas légaux.

Line, qui trente minutes plus tard dirait oh c'est moi qu'ai la fève et se laisserait sans résistance couronner de carton, a dit que

— dans ce cas, ils peuvent faire toutes les conneries qu'ils veulent, ils savent qu'y'aura rien au bout.

J'ai noté : toutes les conneries qu'ils veulent, rien au bout.

La DS dont il est le propriétaire est tombée en panne.

— Alors, où est la proposition relative là-dedans ?

Né le 5 janvier 89, Abderhammane s'est manifesté.

— M'sieur c'est quoi une DS ?

!!!

— Une DS tout le monde sait ce que c'est, quand même... Qui explique à Abderhammane ?

Bien-Aimé, portable en pendentif.

— La relative, c'est « dont il est le propriétaire est tombée en panne ».

— Oui, enfin non pas exactement, mais c'est quoi une DS, personne sait ?

Personne.

— On en voit dans les films, des fois. Non ?

Non.

— Les films noirs, par exemple.

Fayad, Ghetto Fabulous Band en majuscules sur le sweat.

— C'est quoi les films noirs ?

— C'est des polars où il se passe des choses pas jolies jolies, c'est pour ça qu'on dit noir.

Bien-Aimé.

— Pourquoi on dit noir et pas, j'sais pas, bleu ?

— C'est pour pas confondre avec un Schtroumpf. Bon ma DS tout le monde s'en fiche ?

Quand Alyssa intervient, il y a le ciel qui s'ouvre sur un autre ciel qui s'ouvre sur un autre ciel qui s'ouvre sur un autre ciel.

— M'sieur pourquoi vous avez dit c'est pas bon c'qu'il a dit Bien-Aimé?

— J'ai rien dit, il a rien répondu.

— Si, pour la relative.

— Ah oui, c'est parce que la relative s'arrête à propriétaire, après c'est la fin de la principale coupée en deux : la DS est tombée en panne.

Hadia, tissu noir en fichu.

— Vous avez pas dit c'est quoi une DS.

— Vous chercherez à la maison, on passe à la phrase suivante.

Pour la seconde fois de l'année, Ming a levé la main.

— Elle part au cinéma avec son ami qu'il est libre.

J'ai espéré que ce ne soit qu'un défaut de prononciation.

— Viens écrire ta phrase au tableau, comme ça on verra mieux le schéma.

Il s'est levé courageux et concentré, sweat rouge où bondissait un puma blanc. Il a écrit elle part au cinéma avec son ami qu'il est libre. Je l'ai renvoyé à sa place.

— Merci. Bon alors le nombre de verbes c'est parfait, il y en a deux donc on a bien deux propositions. D'autre part, on a bien une principale et une subordonnée comme je l'avais demandé, donc ça c'est très bien aussi. Le seul petit problème, c'est le « qu'il » mis plutôt que « qui ». C'est juste qu'on a une relative, elle complète un

130

nom, et non une conjonctive, sinon elle complè-
terait un verbe.

Frida avait bien vu que j'attendais qu'on se
range et s'attardait cependant à dix mètres.
Ayant ordonné aux autres de commencer à
monter, j'ai fait les quelques pas qui me sépa-
raient d'elle.

— Frida, ça te dérange pas de me faire
attendre comme ça?

Elle n'a pas répondu, a fait une bise à sa
copine en disant à tout à l'heure, puis esquissé
vers les escaliers un pas que mon interjection a
figé.

— Hey! j'aime pas beaucoup qu'on se foute
de moi.

— Ben quoi?

— Quand j'te dis de monter, tu montes illico
et j'ai pas à subir des bisous à la copine.

Elle me regardait avec un air de défi noyé dans
une grande indifférence méprisante. J'avais mal
dormi, j'avais dit « illico ».

— Moi les p'tites nanas qui s'la pètent ça
m'intéresse pas du tout.

Sans ciller elle n'en est pas revenue, puis s'est
mise en route dans un haussement d'épaules
invisible.

Une heure après, quand la sonnerie a vidé la

volière, je lui ai demandé de rester deux minutes. Elle s'est dit qu'est-ce qu'il me veut encore ce con?

— Bon, tout à l'heure je t'ai un peu réprimandée et j'ai bien fait parce que c'est exaspérant les petits défis à deux francs du genre je me range pas quand le prof le dit. Donc j'ai eu raison de t'en vouloir pour ça, mais c'est vrai que j'ai utilisé des expressions, plus précisément une, dont je ne suis pas très content, et même pas très fier pour tout dire. Donc voilà je m'en excuse. Je m'excuse d'avoir utilisé ces mots-là, c'est des mots bêtes et qui ne correspondaient à rien, je m'en excuse. Par contre maintenant j'aimerais bien que tu te ranges en même temps que tout le monde, d'accord?

Au milieu de ma tirade elle avait souri de son beau sourire de bonté fine et, ayant mal dormi, mes propres paroles me nouaient d'émotion, et elle a dit d'accord.

Assise à côté, Rachel a pris une voix de confessionnal.

— Je voulais t'parler d'un truc.

— Ah?

— Lundi, y'a eu un clash avec les troisième 3. J'ai entendu Hakim qui disait sale juif à Gibran parce qu'il voulait pas lui donner une feuille, alors je l'ai repris, j'ai dit que ça se faisait pas, et là ils sont tous partis en vrille, ça a été le bordel pendant une demi-heure j't'assure, j'ai pas pu m'expliquer, c'était infernal. Quand ils ont été sortis, j'ai pleuré tu vois. J'arrive pas à rester calme sur ce sujet-là. Comme j'suis concernée en première ligne, j'y arrive pas.

— Ah?

— Toi peut-être tu pourrais.

— Faut voir.

— C'est surtout Sandra qui m'a déçue. Elle a dit moi de toute façon je suis raciste envers les Juifs et ce sera toute ma vie comme ça. Tu les as aujourd'hui?

— Non. Après-demain seulement.

— Tu essaieras?

— On verra ce qu'on peut faire.

Danièle n'avait pas bougé du poste téléphonique depuis une demi-heure.

— Oui bonjour, j'aurais aimé vous parler de votre fils, et vous convier à une réunion que nous faisons la semaine prochaine.

Géraldine avait des petits seins à lécher et venait d'arriver.

— Qu'est-ce que tu fais?

Danièle a enveloppé le combiné de sa main.

— J'appelle les parents d'élèves de cinquième 1. J'te raconte pas la galère.

Gilles aurait pu se faire un collier de cernes.

— T'façon c'est trop tard, c'est pas maintenant qu'ils vont changer. Les quatrièmes, pareil.

Léopold, Evil's Waiting For You.

— Attends, les cinquième 1 c'est bien pire. Ça a sonné ?

Il savait très bien que oui, autant que Sylvie et Chantal qui récupéraient le sucre de leur fond de gobelet sur les touilleuses.

— Moi j'ai fait de la danse, mais j'ai arrêté.

— Moi aussi, cinq ans, mais maintenant je fais de l'accordéon.

— C'est chouette ça.

— Ouais, vraiment. Dans la musique d'Europe de l'Est, t'as des morceaux mais absolument géniaux.

Chantal n'a plus rien dit, je ne me suis plus tu.

— Moi l'accordéon ça m'fout en l'air. Ça m'rappelle des trucs d'enfance. Dès qu'j'en entendais ça m'donnait l'impression d'être déprimé alors que j'l'étais pas du tout. Des fois on allait dans des fêtes populaires le dimanche, l'accordéon en boucle ça m'foutait un bourdon infini. C'est une machine à fabriquer de la tristesse, cette merde.

— Ça dépend. La musique de l'Est par exemple c'est super-beau.

— Est ou Ouest, c'est terrible. C'est à se pendre. Il faut l'interdire. C'est tout.

a) Relever les verbes conjugués du texte.
b) Pour chaque verbe, préciser le temps et sa valeur. Au bout de cinq minutes, Mezut n'avait pas écrit un mot.

— On va peut-être s'y mettre, maintenant, Mezut?

Il a emphatiquement débouché son stylo et rapproché sa chaise avec un zèle d'entretien d'embauche.

— Oui oui.

Ils planchaient en silence. Les arbres nus de la cour restaient de marbre dans le vent glacé. Do as I say not as I do because the shit's so deep you can't run away. I beg to differ on the contrary, agree with every word that you say. Talk is cheap and life is expensive, my wallet's fat and so is my head. Hit and run, and then I'll hit you again, I'm smart-ass but I'm playing dumb. And I've no belief, but

— m'sieur, qu'est-ce que j'veux dire, c'est un verbe « leur »?

— Pardon, Mezut?

— C'est un verbe « leur »?

— Ben enfin quand même, Mezut, « leur » c'est pas un verbe, enfin, quand même.

— Oui mais m'sieur comment on sait c'est pas un verbe?

— Enfin quand même c'est évident, non? Un verbe ça fait une action; « leur » c'est une action pour toi?

— Ben non.

— Enfin. Quand même.

En début d'heure j'ai attendu de voir s'ils étaient suffisamment calmes. Ils l'étaient. Je me suis dégagé du bureau sans descendre de l'estrade.

— Votre prof d'arts plastiques m'a dit qu'il y avait eu des problèmes.

Sandra a soupiré façon j'en peux plus.

— Oh non, c'est bon maintenant.

— Non, c'est pas bon. C'est pas bon d'avoir des conneries dans la tête. Moi j'vais pas vous gronder j'vais pas vous faire la morale, j'vais pas vous dire que l'antisémitisme c'est pas bien comme fumer ou casser un vase. Moi j'fais mon boulot de prof de français : je vous mets en garde contre l'inexactitude. Si vous me dites que le C.O.D. s'accorde avec l'auxiliaire avoir, je vous dis que c'est inexact. Eh ben, pas aimer les Juifs, c'est ni bien ni mal, c'est juste inexact. Moi quand j'avais votre âge, j'étais communiste, vous savez ce que ça veut dire communiste ? Ça veut dire en gros qu'on est plutôt pour que les pauvres soient un peu moins pauvres et les riches un peu moins riches. Moi mes ennemis à l'époque, parce qu'il faut bien en avoir à cet âge-là, mes ennemis c'étaient les patrons, ceux qui dirigent vraiment. Ç'avait quand même un peu plus de gueule, non? Surtout c'était beaucoup plus précis.

Imane a murmuré je ne sais quoi qui a fait exulter d'approbation Sandra et elles se sont tapé dans la main.

— Qu'est-ce qui se passe?

— Non non rien.

— Ben si, quelque chose. Vous éclatez de rire, c'est qu'il y a quelque chose, non?

— Non non.

— Si, dites-moi.

Imane hésitait puis s'est lancée en me regardant de bas en haut, son nez masquant mal un petit sourire d'évidence.

— Justement, m'sieur, les patrons c'est les Juifs.

Voilà.

— OK, je sais qu'vous pensez ça, et c'est une belle connerie. Ou plutôt non, c'est pas une belle connerie. En fait ce que tu veux dire c'est que les Juifs en France sont plus riches que les Arabes, et tu sais quoi? eh ben t'as raison. Si on prend le niveau de vie moyen des Juifs de France, il est supérieur à celui des Arabes. C'est après que ta connerie commence. C'est quand tu en déduis qu'ils ont tout pris pour eux comme des voleurs, et qu'ils ont l'appât du gain dans la peau. C'est ça qu'tu penses, non?

— Un peu.

— Eh ben c'est une belle connerie. Moi j'vais

t'expliquer pourquoi en France les Juifs sont plus riches en général que les Arabes.

J'ai donné trois raisons implacables, en finissant par la culture de l'excellence dont vous feriez bien de vous inspirer au lieu de la jalouser. Puis j'ai étendu la question à l'actualité au Moyen-Orient, histoire de faire durer pour ne pas avoir à commencer le cours. Trois fois un quart d'heure de célébrité et la sonnerie ne les a pas arrachés à leur silence. La volière est demeurée pensive, sauf Hakim, qui politiquement a huit ans, et Sandra, venue appuyer au bureau son bourrelet découvert. Cent mille volts divisés par sa contrition.

— M'sieur j'suis désolée d'avoir dit ça, j'sais pas c'qui m'a pris, c'était de l'humour en fait.

— C'est moyen comme humour.

Genoux agités d'un spasme continu, elle attendait que sorte Jie, occupée à faire réciter le subjonctif latin à Zheng.

— Eh, on voit ton slip toi !

Une bande de coton effectivement débordait du pantalon taille basse.

— C'est de l'humour, ça aussi ?

— Ben on voit son slip, non ?

— C'est tout c'que tu veux m'dire ?

Ses grandes boucles d'oreilles conductrices d'électricité encerclaient la moitié des joues.

— Non, c'était pour l'orientation. L'autre jour j'ai visité le lycée Marcel-Aymé. M'sieur c'est pas possible j'vais pas pouvoir y aller, y'a qu'des gothiques là-bas.

— Ah ?

— Ouais. J'vous jure c'est vrai, y'a qu'des skateurs, jamais j'pourrai leur parler.

— Tant qu'c'est pas des Juifs.

Elle a tapé du pied d'exaspération.

— Oh mais m'sieur c'est bon, j'vous ai dit j'm'excusais. Mais j'vous jure là-bas c'est pas possible y'a qu'des punks.

Léopold tentait de faire accepter sa pièce de cinquante à la machine. Bastien achevait un gâteau sec et la lecture d'une feuille trouvée dans son casier.

— Vous avez vu ce truc ?

Dans le coin salon, Chantal corrigeait ses copies sur une cuisse inclinée en pupitre.

— L'autre elle écrit même pas son nom, elle va m'entendre.

Ça n'était adressé à personne, mais j'étais seul assis à proximité.

— Tu sais qui c'est ?

— Oui mais elle laisse pas son nom, ça va mal se passer.

Bastien n'en revenait pas.

— Vous avez vu ce truc ?

Léopold a tapé du plat de la main sur le flanc de la machine. Chantal ne l'a pas remarqué.

— Moi de toute façon, une copie sans nom c'est zéro.

J'ai attendu d'être sûr qu'elle ne plaisantait pas.

— Zéro, vraiment?

— Ben oui, comment tu veux faire sinon?

— Vous n'auriez pas de la monnaie sur cinquante centimes?

— Vous avez vu ce truc?

Cette fois Bastien ne laissait plus le choix, tendant la feuille. Rapport des aides-éducateurs. Nous étions, Clarisse, Amara et Sylvaine, en salle de permanence avec les élèves de cinquième 1. La grande sœur de Jallal El Moudene est arrivée dans la salle et a demandé à sa sœur « qui t'as mis une gifle? ». Sur ce, Jallal a montré Ouardia Agadir du doigt et la grande sœur s'est mise à l'agresser verbalement et à la menacer. Ouardia répond violemment « sale pute, continue de te faire trouer par tout le monde ». La grande sœur s'est alors jetée sur Ouardia pour la frapper. Nous avons été donc obligées, Clarisse et Sylvaine, de les séparer. Kinga est allée chercher Mr Giresse. À plusieurs reprises, devant tous ces coups, nous avons demandé à la grande sœur de sortir de la salle. Mais en vain. Elle continuait de taper Ouardia, qui se défendait également. Il a fallu attendre Mr Patrick pour que la grande sœur parte. Nous avons retenu Ouardia pendant que Mr Patrick sortait la grande sœur de la salle puis de la cour ».

— À propos du punk, tu as connu un groupe qui s'appelait Les Tétines noires ?

Léopold n'avait pas lu le rapport et reprenait un court échange que nous avions eu la semaine précédente.

— Oui oui j'ai connu.

— Ben tu vois ça c'est un groupe qu'a fait la transition entre le punk et le gothique.

Il a ouvert le casier de Rachel où parfois se trouvent des pièces de dix centimes.

— Et tu l'aimais bien ce groupe ?

— Trop de texte.

Il revenait à l'assaut de la machine.

— Oui c'est vrai que c'est plus intimiste, moins politique. C'est moins une révolte contre la société qu'une révolte individuelle. J'veux dire, c'est plus personnel, plus sentimental, plus comment dire...

— Romantique ?

— Voilà c'est ça, comme révolte c'est plus romantique.

Me précédant, Souleymane est entré encapuché.

— Souleymane.

Il s'est tourné vers moi. M'a vu pointer mon

crâne du doigt pour symboliser le sien. S'est exécuté.

— Le bonnet aussi, s'il te plaît.

Son crâne était maintenant enveloppé d'une infime épaisseur de cheveux jaunes. J'ai fait sortir les agendas, afin qu'ils notent un contrôle pour le jeudi suivant. Jie et les trois autres ont commencé à échanger des grimaces de gêne. Après un conciliabule chuchoté, Jiajia a été muettement désignée porte-parole. Son doigt levé, je l'ai invitée à s'exprimer d'un lent battement de paupières.

— Jeudi nous serons pas là, c'est pas possible pour nous faire le contrôle.

— Et pourquoi vous ne serez pas là ?

— C'est nouvel an chinois parce que.

— Et vous ne pouvez pas le déplacer ?

Mon sourire n'a pas fait qu'elle comprenne la blague.

— Non non on peut pas déplacer. C'est pas nous qu'ils décident.

— Bon alors les autres vous notez qu'on fera une heure de vie de classe, plutôt.

Rangée de gauche, premier rang, Dico a émis son chuintement réprobateur.

— Ça sert à rien la vie de classe.

— Comment, Dico ?

— Ça sert à rien j'viendrai pas.

— Comment tu dis ?

— J'viendrai pas ça sert à rien.

— Répète-le pour voir.

— J'viendrai pas.

— Répète encore une fois pour voir.

— J'viendrai pas.

— Encore une fois ?

— J'viendrai pas.

— Tu veux qu'on en parle avec le principal ?

— J'viendrai pas.

— OK, on y va.

Je suis descendu de l'estrade.

— Suis-moi.

J'ai ouvert la porte et lui ai indiqué les escaliers du pouce. Il est passé sous mon bras tendu.

— Les autres vous restez tranquilles.

Je me suis engagé dans le couloir, il suivait à trois mètres.

— Dépêche-toi.

Il n'accélérait pas. Je me suis arrêté pour qu'il passe devant. Après nous n'avancions plus. J'ai cédé et l'ai doublé. Dans l'escalier je descendais trois marches puis en remontais deux pour l'attendre.

— Imbécile.

— Pourquoi vous m'traitez ?

— C'est toi qui traites tes profs en leur répondant.

— D'où vous m'traitez ?

Dans la cour intérieure l'écart s'est encore creusé. Nous avons rampé ainsi jusqu'au bureau ouvert de Christian le CPE. Je n'ai pas attendu qu'il en ait fini avec une mère d'élève flanquée d'une traductrice.

— J'te laisse cet énergumène. Au prochain cours je ne l'accepte pas sans mot d'excuse.

— D'accord.

— Désolé.

— Non non.

Mécaniquement, la traductrice a rapporté ce dernier échange dans une langue africaine, puis elle a plaqué une main honteuse sur sa bouche.

Danièle est entrée en soufflant dans ses mains pourtant gantées et a gagné sa place avec une diligence polie. Sept présents sur douze membres dans la salle de permanence aménagée pour la circonstance, quorum atteint, le principal a pu commencer. Par le rappel des faits.

— Ndeyé se trouvait dans le couloir en bout de rang. Elle avait dans les mains des petites boules roses que j'ai prises pour des bonbons. Je lui ai demandé de les ranger immédiatement. Elle a refusé, je lui ai redemandé, elle a commencé à répondre. À ce moment, je l'ai priée de descendre avec moi dans mon bureau. Elle a refusé et m'a traité, je cite, de connard. Une fois dans le bureau, elle s'est calmée, et le soir même elle est venue me présenter des excuses.

Il a marqué un temps.

— Je précise que, compte tenu de la gravité

des faits, j'avais la possibilité de porter plainte. Je ne l'ai pas fait, car je considère qu'il faut toujours chercher d'abord une sanction qui ait un caractère éducatif. C'est aussi pour cette raison que j'ai la conviction que ce conseil de médiation peut permettre à Ndeyé d'adopter pour la suite de l'année un comportement normal et respectueux des adultes.

Sa mère borgne a glissé à Ndeyé quelques mots dans une langue africaine. Son œil valide était rivé au locuteur, dont elle accompagnait le propos incompris de courts murmures approbateurs.

— L'exclusion provisoire n'est donc pas la seule chose que nous proposons. Nous demanderons en effet à Ndeyé de passer deux après-midi avec les petits de l'école maternelle d'à côté, pour la mettre dans la position de l'adulte et qu'elle se rende compte de l'impossibilité de réaliser quoi que ce soit à plusieurs s'il n'y a pas entente sur des règles communes. D'autre part, nous demanderons que Ndeyé bénéficie d'un suivi psychologique.

L'assistante sociale a rompu le silence des auditeurs.

— C'est déjà le cas.

Le principal a réprimé une grimace de contrariété.

— Nous demanderons à ce que ce suivi soit maintenu.

— Non, macho c'est pas pareil, macho c'est un homme qui roule des mécaniques, qui fait le mâle, et donc il traite les femmes de façon un peu méprisante. Mais ce n'est pas le mot exact pour désigner ceux qui n'aiment pas les femmes, parce qu'à la rigueur le macho il aime les femmes d'une certaine manière. Comment on dit, alors ?

— Homosexuels.

— Ah non, rien à voir, ce n'est parce qu'on est pas attiré sexuellement par les femmes qu'on les aime pas. Au contraire, en général les homosexuels adorent les femmes.

N'importe quoi. Faiza, écharpe noire en fichu.

— C'est normal ils se ressemblent.

— Si tu veux. Et mon mot, alors, personne ne le connaît ?

J'ai écrit mysogyne au tableau, puis, après réflexion, misogyne.

— Le préfixe est utilisé négativement, et « gyne » c'est lié à un mot grec qui veut dire utérus.

Je confondais avec hystérie, mais ce n'est pas pour ça qu'ils ont pouffé. Ni ce qui a provoqué l'intervention d'Aissatou.

— M'sieur ceux-là qui veulent que la femme elle reste au foyer c'est des misogynes ?

146

— Voilà, par exemple.

Oui mais, a dit Dounia, il faut aussi la protéger la femme, oui mais, a dit Soumaya, rester à la maison toute la journée c'est abuser, oui mais regarde les films porno c'est abuser aussi, a dit Sandra branchée sur le secteur, moi j'dis il faut les interdire parce que c'est un manque de respect, et même moi j'vois, a dit Hinda qui ressemble à je ne sais plus qui, des fois t'as des films ils sont même pas porno eh ben même là t'as des scènes avec du sexe et tout, ouais moi c'est pareil, a repris Sandra, quand j'tombe dessus et j'suis avec mon père oh là là j'ai trop la honte, c'est pour ça maintenant quand il m'fait viens on va regarder la télé et tout moi j'dis non non, ouais, a dit Soumaya ou Imane ou Aissatou, au moins quand on est au bled on est pas obligé d'avoir la main sur la télécommande ou quoi que ce soit, au bled on peut regarder tranquille alors que ici c'est pas pareil on a toujours la main sur la télécommande des fois qu'y aurait du sexe ou quoi que ce soit, ouais moi en Égypte c'est pareil quand j'regarde la télé j'suis tranquille j'ai pas besoin de changer de chaîne tout l'temps alors qu'ici en France c'est même pas la peine tellement tout l'temps y'a des trucs bizarres vous voyez m'sieur?

— Oui.

Avant que je ne lui expose ma requête, le principal a tenu à me raconter la dernière.

— Faut que j'vous raconte la dernière.

Il jubilait du récit à venir.

— Vous voyez qui est Ali parmi les surveillants?

— Oui oui, celui qui est plutôt costaud avec des lunettes carrées.

— Non, un mince sans lunettes.

— Oui oui, j'vois bien.

— Eh bien nous avons d'un commun accord suspendu notre collaboration.

— Ah?

— Il était à l'essai, et disons que l'essai n'a pas été concluant.

Il en pouffait encore.

— En fait, depuis un mois qu'il est là, ça n'a jamais bien fonctionné. Il y a régulièrement eu des petits clashs avec les élèves, le courant est jamais vraiment passé avec eux, mais enfin ça restait anecdotique. Jusqu'à hier.

Il a marqué un temps.

— Hier, il est entré ici en criant « j'vais les tuer j'vais les tuer », comme ça pendant trois ou quatre minutes. Alors on l'a fait s'asseoir, je lui ai dit de se calmer, qu'on allait parler de tout ça tranquillement. Il a fini par arrêter de crier. Et alors là, il nous a égrené tous ses griefs contre les élèves. Je lui ai dit que dans ce cas il valait peut-être mieux songer à chercher un autre établisse-

ment voire un autre domaine d'activité, il a dit
que ça faisait aucun doute. Finalement, tout a
été réglé tranquillou.

Il a cherché une confirmation dans mon
regard. L'a trouvée.

— Enfin, tout a été réglé, c'est vite dit, parce
qu'il a quand même fallu que je le raccompagne
jusque chez lui et qu'à la sortie je dépossède
Djibril de cet objet.

D'entre deux armoires, il a tiré une barre en
laiton.

— Bon avec ça il serait pas allé loin Djibril, et
d'ailleurs il l'a rendue sans problème, m'enfin
bon on sait jamais.

Je m'apprêtais à enchaîner sur autre chose, lui
pas.

— Sur la route, on a discuté avec Ali. J'en ai
appris de belles.

— Ah ?

— Il m'a dit que pendant toute son enfance
sa mère lui avait dit « toi de toute façon t'y arri-
veras pas ». Du coup on comprend beaucoup de
choses.

Le sourire l'avait quitté et maintenant, mor-
dillant sa monture de lunettes, il méditait
appuyé sur mes yeux.

Khoumba est entrée sans frapper, un doigt soutenant le coton dans sa narine, le menton légèrement relevé.

— Ça va mieux ?

Comme elle s'asseyait sans répondre, Fortunée a dit je ne sais quoi qui l'a fait sourire. Subitement, Dico a hélé Mehdi d'une extrémité à l'autre du premier rang. J'ai fait oh ! Il a fait quoi ?

— Ça va pas non ?

— Qu'est-ce j'ai fait ?

— Ça recommence ?

— Pourquoi vous m'parlez ?

— Tu veux qu'on y retourne ?

— J'm'en fous moi.

— OK, on y retourne.

J'ai ouvert la porte et lui ai indiqué les escaliers du pouce. Il est passé sous mon bras tendu. Une fois la porte refermée, je me suis ravisé.

— À la réflexion, tu vas rester dans le couloir, j'ai pas envie d'perdre mon temps avec toi.

— J'm'en fous moi.

J'ai pointé l'index sous son nez et collé mes yeux dans les siens.

— J'ai pas besoin d'tes commentaires.

— Pourquoi vous vous énervez ?

— Tais-toi.

— Si j'veux j'rentre dans la classe.

— Essaie un peu pour voir.

Il remontait les marches à ma suite.

— Qu'est-ce vous allez m'faire si j'rentre ?
Vous allez m'frapper ?

— Bon, OK, on va au bureau.

Dans l'escalier, je descendais trois marches
puis en remontais deux pour l'attendre. Sur le
plat nous avancions côte à côte, lentement
sinon je le semais et c'était ridicule. Je suis allé
chercher le ton le plus désinvolte parmi ceux
disponibles dans mon cerveau échauffé.

— On est pas bien, là, à marcher tous les
deux ?

— Pfffh.

Je mimais une promenade à la campagne.

— Elle est chouette la vie, non ?

— Pffffh.

Les autres s'étaient sans doute agglutinés
aux fenêtres de la classe pour regarder.

— Elle est nulle ta vie, Dico. T'en as pas
marre de ta vie de nul ?

J'ai marqué un arrêt pour épousseter une
chaussure et ainsi légitimer notre lenteur gro-
tesque.

— Pfffh.

Bon an mal an, nous étions arrivés derrière
la porte du bureau.

— Tu fais moins l'malin, là.

— J'm'en fous.

— Tu t'en fous mais tu fais moins l'malin.

Le principal n'était pas là. Dico s'est réjoui
en silence.

— Tu t'assieds là, je vais le chercher.

Il ne s'est pas assis.

— Tu t'assieds là et tu t'tais.

— C'est vous qui parlez.

Nous en arrivions aux questions soumises par les différentes composantes du conseil d'administration. Le principal était à la manœuvre.

— Les enseignants souhaitent évoquer le problème de la machine à café. Sur ce point, le mieux est de laisser la parole à monsieur Pierre, qui va nous faire un état des finances dans ce domaine.

Monsieur Pierre n'a pas eu à bouger pour se mettre d'aplomb sur sa chaise.

— Concernant la machine, il faut savoir qu'elle a été installée au cours de l'exercice 2001, car la précédente, qu'il fallait alimenter régulièrement, et qui de ce fait nécessitait les services d'une entreprise sous-traitante, n'était pas rentable. Cela dit, l'actuelle machine s'est elle-même révélée déficitaire, ce qui nous a conduit à augmenter de dix centimes le prix de la boisson, qui s'élève en conséquence à cinquante centimes.

Les rayures bleues de sa chemise blanche sont restées indifférentes à la rumeur de mécontentement qu'avait soulevée la fin de sa réplique.

— Il est donc, en l'état, inenvisageable de

revenir à l'ancienne formule, qui ne permet jamais d'équilibrer les comptes.

Le principal surveillait en coin la meute en face prête à bondir. J'ai bondi.

— Je crois qu'il y a un malentendu sur ce qui nous semble devoir être changé. Ce n'est pas tant la machine elle-même qui pose problème que le fait qu'une pénurie de capsules de café survienne de plus en plus souvent. Il y a deux mois, le problème ne se posait que rarement, et en plus nous disposions d'un choix beaucoup plus large de boissons chaudes. Depuis quelque temps, non seulement les quantités de café à disposition baissent, mais en plus on ne trouve plus jamais de sachets de chocolat ni de capsules de lait ou de thé. On se retrouve souvent à devoir marcher jusqu'au réduit pour se ravitailler, autant de déplacements qui représentent du temps perdu sur nos activités proprement péda-gogiques. En plus, le personnel de service nous renvoie à vous, monsieur Pierre, car il ne leur revient plus, conformément à vos directives, de stocker les produits. Il semblerait en effet qu'une suspicion pèse sur ce même personnel, notamment concernant les sachets de sucre qui, si l'on s'en tient aux chiffres, disparaissent dans la nature. Bref, on ne sait plus à quel saint se vouer, et en attendant il n'est pas rare qu'il n'y ait pas de café le matin, alors qu'entre ces murs il est bien connu que c'est le nerf de la guerre.

Petits ricanements approbatifs, satisfaction à l'entrejambe, geste d'apaisement du principal.

— Si vous voulez bien, nous en reparlerons, car il nous faut passer à quelque chose de beaucoup plus dérisoire, à savoir la division horaire globale pour l'année prochaine.

Il s'est d'abord réjoui qu'ici elle augmentait, à rebours de ce qui se passait partout dans l'académie. Puis nous sommes rentrés dans le détail. Au nom de ce qui avait été dit en préréunion, Marie a suggéré que ce soit les cours de langue qui bénéficient en priorité de ce rab, et que par exemple on dédouble une heure en quatrième afin de former des groupes réduits plus propices à l'apprentissage oral. Le principal a trouvé l'idée intéressante, objectant cependant que cela revenait à supprimer une demi-heure d'aide au travail personnel, ce qui signifiait la suppression de ce cours puisque les élèves n'en auraient plus qu'une heure tous les quinze jours, donc pour ainsi dire rien. Il a alors été proposé qu'on ajoute une heure d'EPS au même niveau, ce qui, compte tenu du profil des cinquièmes de cette année, et donc des quatrièmes de l'an prochain, pourrait contribuer à canaliser leur énergie, et à les mettre dans une bonne dynamique, vu que c'est quand même un peu le seul cours où ils se tiennent un peu. Mais donc on renonçait à consolider l'apprentissage de l'anglais en quatrième ? Non, il suffisait de faire basculer les heures de cinquième ajoutées en français dans le cheptel d'heures de quatrième, sachant que cette année les sixièmes donnaient toute satisfaction, et de les transformer en heures de langue, ainsi nos 407 heures, par rapport aux 400 de l'an passé, seraient utilisées à meilleur escient, quoiqu'il faille toujours en garder un petit vivier de sécurité pour pallier les approximations de la distribution de rentrée.

Une heure après, sept bouteilles de vin blanc hérissaient une table diligemment couverte d'une nappe en papier par l'intendant. J'ai couru vers la salle pour y récupérer un paquet de copies, incertain de trouver la porte ouverte. Elle l'était, mais l'interrupteur n'a fait venir aucune lumière. La pièce était plongée dans la pénombre, puis dans un noir total à mesure qu'on s'y enfonçait, et je n'ai dû qu'à l'odeur d'orange de pouvoir identifier mon casier. Je tâtonnais pour atteindre le paquet de copies quand la lumière est revenue.

— Rien ne se fait en un jour.

C'était la voix sans âge du réduit des agents. Posté dans l'encadrement, son propriétaire me regardait le fond du cerveau.

— Mais sans un jour rien ne se fait.

Il lui manquait un bras.

— Vous décrochez le dernier wagon d'un train, il y a encore un dernier wagon. Vous enlevez le premier jour, c'est le second qui maintenant est le premier. On part toujours d'un jour.

J'avais commencé d'approcher, mais à chacun de mes pas il reculait d'autant et bientôt il avait disparu.

Deux sixièmes au crâne ras réclamaient par-dessus le mur le ballon en mousse qu'un shoot fougueux avait envoyé de l'autre côté. Aucun écho, comme s'il n'y avait rien au-delà, comme si le monde ça n'était qu'ici. Le principal m'a hélé depuis son bureau ouvert côté cour.

— Notre ami Dico vous a fait une bafouille.

Saisissant la feuille pliée en quatre, j'ai affecté une décontraction de cow-boy.

— C'est encore du Chateaubriand, je sup-pose ?

Il a ri fort puis ironisé.

— Au bas mot !

Le ballon ne reviendrait pas. Il s'enfonçait dans les espaces infinis. Quand j'ai poussé la porte bleue, le surveillant Mohammed s'est retourné brusquement sur sa chaise, comme pris en faute.

— Bonjour.

— Bonjour.

Il s'est remis droit et a continué à surfer sur un site de téléphonie mobile. J'ai attendu d'être en haut pour déplier la feuille. Monsieur, je m'excuse de vous avoir tenu la tête devant la classe de troisième 1 et surtout d'avoir été si insolent avec un professeur qui a toujours été gentil avec moi. Je conclus en vous disant que je m'engage à faire des efforts envers les professeurs. Dico.

— Tu aurais cinquante centimes en pièces de dix ?

C'était Line, affable, je ne l'avais pas entendue s'approcher.

— Tu peux pas y penser, à prendre de la monnaie ? C'est trop vous demander de prévoir un peu les trucs ? C'est sympa l'improvisation, mais quand ça foire c'est les autres qui payent. C'est fou de planer comme ça, merde.

J'ai baissé la voix et pris des inflexions de prédicateur allumé.

— Si jamais on découvre qu'il y a le gène du crime, ça va changer beaucoup de choses. Parce que qu'est-ce qu'on va faire des gens qui l'auront ? Pour l'instant, ceux qui ont tué, on se dit toujours que c'est un peu de leur faute mais que c'est aussi la faute de plein d'autres choses, les circonstances atténuantes ça s'appelle. On se dit qu'en les aidant, ils recommenceront plus. Mais si le gène est en eux, alors ça veut dire qu'on peut pas les guérir, donc qu'est-ce qu'on fait ? On les enferme tout le temps, avant même qu'ils aient commis le crime. Sinon c'est du laxisme.

Alyssa s'est raidie en point d'exclamation puis tordue en point d'interrogation.

— Ça veut dire quoi laxisse ?

— Laxiste, c'est quand on laisse trop faire. C'est comme indulgent, mais en négatif. Comme des parents qui laisseraient leur fils de dix ans traîner dans la rue à minuit. On dit aussi qu'ils sont permissifs, parce qu'ils permettent trop.

À la craie j'ai écrit laxiste = permissif. Alyssa a copié sur un bout de carnet.

— En ce moment par exemple, on se demande si l'école est pas un peu permissive, si elle devrait pas punir plus, par exemple des gens comme Mezut qui se retournent dix fois par heure, hein Mezut ?

— C'est parce que y'a un truc j'comprends pas.

— Ah ?

— J'sais pas c'est quoi un gène, m'sieur.

— Ben quand même... Je viens d'expliquer... Washington DC, Bien-Aimé savait.

— C'est quand on a envie de tuer et qu'on peut pas s'en empêcher.

— Attention, le gène est pas forcément du crime. Et je répète que le gène du crime, actuellement personne ne l'a trouvé.

Alyssa avait commencé à noircir une feuille, Mezut n'avait toujours pas compris, Fayad riait

158

de je ne sais quoi, les boucles d'oreilles en plastique d'Hadia frétillaient à l'unisson de son cerveau.

— Y'a quoi comme autres gènes, m'sieur?

— Plein. Va savoir si y'a pas un gène de l'humour. Ou de la gentillesse. Ou, j'sais pas, de l'orthographe.

— M'sieur est-ce qu'on fera des

— dimanche prochain, Tarek. Dimanche matin on fera une dictée. À huit heures. Sans faute.

Indira a levé le doigt sous le regard enamouré d'Abdoulaye.

— Est-ce que c'est vrai qu'on peut dire il pleut des cornes?

— Des cordes. Il pleut des cordes. Mais c'est quoi le rapport?

Abdoulaye est venu à sa rescousse.

— C'est parce qu'hier il a plu.

— Des cordes?

— Oui, il a plu des cornes.

Si Alyssa n'avait pas été en train d'écrire, elle aurait demandé pourquoi des cordes?

— On dit des cordes parce qu'il pleut tellement de gouttes qu'elles se suivent de près et ça fait un trait continu, comme une corde.

Sonnerie, oiseaux, Alyssa m'a tendu sa feuille.

— J'ai fait une argumentation.

— Ah?

Elle s'est éclipsée avant que je l'aie lue.

laxiste = permissif

Faut-il restaurer l'autorité qu'ont connu nos grand-parents à l'école ? Je pense que l'on doit laisser le passé derrière nous et que les choses qui ont bien fonctionnées auparavant seront peut-être moins efficace maintenant et dans le futur. Je pense que c'est à l'adulte de s'affirmer et d'imposer ses règles selon ses valeurs, et non pas au nom d'une mode qui reviendrait en force et qui consisterait à être plus sévère envers des élèves. Bien que le manque d'assiduité, de respect, et bien d'autres facteurs qui sont la cause de cette remise en question, soit souvent présent au sein des établissements, restaurer cette autorité encore dans les mœurs des anciens serait-il la bonne solution ? Moi je ne le pense pas. Les jeunes d'aujourd'hui n'accepteraient pas une telle autorité. Ils ne l'imagineraient même pas. Cette nouvelle génération n'est majoritairement pas partisanes de sanctions, d'une pression constante et intempestive, elle en a assez comme ça. De plus, certains pays, en particulier ceux du tiers-monde, appliquent ce mode d'enseignement dans leurs écoles, et moi je pense pouvoir vous dire que les élèves aurait bien aimé être à notre place ! Alors si c'est pour restaurer quelque chose par nostalgie du passé, non !

Jihad a fait un crochet par le bureau avant de gagner sa place. Préoccupé. Inquiet presque.

— M'sieur, le Bénin ça existe comme pays ?

— Ben oui, c'est un pays d'Afrique. D'Afrique noire.

Il a lancé une œillade à Bamoussa qui écoutait en retrait, un désaccord entre eux allait être arbitré.

— Mais, qu'est-ce que j'veux dire, c'est un grand pays le Bénin, m'sieur ?

Suspendu à mes lèvres, qui ont fait une moue évaluative.

— Disons que non, c'est pas un grand pays, mais pas un petit non plus.

J'étais assez sûr pour pas grand, mais pour pas petit j'avais un doute, que Jihad n'a pas perçu, heureux qu'il était d'entendre que le Bénin n'avait rien de monumental.

— C'est pas trop grand, quoi ?

— Non, pas trop.

Il s'est retourné vers Bamoussa avec l'air de tu vois j'te l'avais dit. Je l'ai réorienté vers moi.

— C'est pour un contrôle d'histoire, c'est ça ?

— Non non, c'est demain le Maroc il joue contre le Bénin, c'est pour ça j'veux savoir si ils sont bons ou pas le Bénin.

— Je dirais moyen.

Il a volé vers sa place.

Pressentant que Jean-Philippe voulait me parler de la troisième 1, j'ai feint d'être absorbé par ma paire de ciseaux hyperactive. Il n'a rien voulu voir, s'est penché à ma table.

— J'ai eu un petit problème avec ta classe.

— Ah ?

Chantal est passée en souriant.

— Alors comme ça le gène du crime existe ? Tu les as complètement excités, ils veulent que j'leur fasse un cours spécial là-dessus.

Rien ne détournerait Jean-Philippe de son récit.

— La semaine dernière, j'ai eu, bon, des messages un peu bizarres sur mon répondeur.

— Ah ?

— Bon, des messages entre guillemets un peu spécial. Un peu obscènes, on va dire. Et bon j'ai tout de suite reconnu qui c'était. C'était deux filles, et dedans je suis sûr qu'il y avait Dounia.

— Bon.

Il aurait bien aimé continuer, Géraldine avait ses jolis petits seins inutiles, Danièle est entrée exaspérée.

— C'est inadmissible de supporter ça. Qu'est-ce qu'ils ont aujourd'hui ?

Léopold n'a pas relevé la tête de son paquet de copies.

— Qu'est-ce qui t'arrive?

Danièle ne s'en remettait pas.

— Tu les trouves pas excités aujourd'hui?

— Pas plus que ça.

Bastien était distrait par un bourrage de papier dans le ventre de la photocopieuse.

— Comme une fin de semaine, quoi.

Danièle n'en démordait pas.

— Avec les cinquième 1, la fin de semaine elle commence le lundi après-midi. La réunion avec les parents c'était bien la peine, tiens.

— Il faudrait faire une autre réunion avec toute l'équipe.

— Et des conseils de discipline, surtout.

Ayant dit, Léopold et Bastien se sont replongés dans, respectivement, les copies et la photocopieuse. Sous la prière des paysans peints, Danièle ne décolérait pas.

— Ah non vraiment aujourd'hui y'a quelque chose dans l'air, j'vous assure.

Julien s'est détourné de l'écran d'ordinateur où rutilait un bouquet de chalets recroquevillés dans une vallée.

— C'est peut-être le match.

Ça a fait tilt dans Bastien.

— Ah oui voilà, tout à l'heure j'les ai entendus parler de Mali-j'sais pas quoi.

Moi je sais.

— Mali-Sénégal, quart de la finale de la Coupe d'Afrique des Nations. Ça se joue en

Tunisie cette année. C'est tous les deux ans. Le Cameroun est tenant du titre.

Danièle n'en revenait pas.

— Oui enfin bon, on voit pas bien le rapport avec la choucroute.

Finalement, Bastien ne ferait pas de photocopies.

— On devrait déclarer fériés les jours de matchs de foot africain, comme ça tout le monde serait content.

Léopold finissait d'aligner son appréciation au stylo rouge. Excellent travail.

— Ou alors on les diffuse en classe et on construit le cours autour.

Danièle ne l'envisageait pas.

— Moi les sports j'y pige rien, surtout collectifs. Le rugby mon fils a essayé de m'expliquer mais c'est pas la peine.

Pourtant c'est passionnant le rugby. Organiser le chaos pour fabriquer de la puissance, c'est passionnant.

Dans la cour baignée d'une première couche de nuit perçait le sweat rouge d'Idrissa. Un corbeau m'a fait lever la tête, qui croassait sans discontinuer au faîte d'un des trois arbres. La silhouette d'Oussama, assise sur le banc à côté du prévenu, s'est animée.

— Houlà, le corbeau c'est pas bon signe pour toi, ça.

Un quart d'heure plus tard, Idrissa était assis encore, mais dans la salle de permanence reconfigurée pour la circonstance. Le principal lisait le rapport de l'incident rédigé par le professeur des sciences de la vie et de la terre.

— J'ai demandé à Idrissa de sortir ses affaires, il ne les avait pas. Il s'est levé pour emprunter une feuille à une camarade, et l'a giflée avec son bonnet après son refus. J'ai alors demandé à la déléguée de classe d'aller chercher Monsieur le Principal. Idrissa a alors dit « c'est ça, va chercher Dieu ». Puis il s'est levé, s'est approché du bureau en prenant un air de défi et a dit « qu'est-ce que tu vas me faire maintenant ? ». Il s'est dirigé vers la porte, je lui ai demandé de rester, il a dit qu'il s'en « foutait » et a disparu en claquant la porte.

Relevant les yeux au-dessus de ses lunettes demi-lune, le principal a salué la mère du fautif qui, pendant sa lecture, avait garé une poussette double dans un angle du U pour y prendre place. Il lui a présenté un par un les membres permanents du conseil. À chaque nom, elle regardait dans les yeux et disait bonjour en portant la main à son cœur. Le principal a conclu en demandant une exclusion définitive et précisant que cette sanction, si elle tombait, aurait une valeur éducative et offrirait à Idrissa la possibilité de se reconstruire ailleurs.

Valérie a pris la parole en qualité de professeur principal, expliquant qu'elle avait félicité Idrissa pour les grands progrès accomplis récemment, ce qui sans doute avait provoqué chez lui un trop-plein qu'il avait voulu compenser par l'attitude inverse. Une grande croix dorée en pendentif, l'éducatrice a dit qu'Idrissa avait toujours été très correct avec elle, mais qu'il arrivait qu'il ne dise pas un mot pendant une demi-heure. Une déléguée des parents a rappelé qu'il avait connu la guerre en Angola et que, forcément, cela pesait sur son fonctionnement comportemental. Elle a insisté pour que la sanction soit accompagnée d'une évaluation psychologique. Le principal a dit que, quelle que soit la sanction prise ce soir, elle serait à caractère éducatif. Marie a suggéré qu'un changement d'établissement lui ferait le plus grand bien, qu'ici la situation était pourrie comme un fruit. Pendant qu'elle parlait, cause à effet ou non, Idrissa et sa mère ont eu un échange tendu à voix basse. Quand Marie s'est tue, on n'entendait plus qu'eux, sans saisir l'objet de la dispute. Elle le raisonnait mais il a fini par se lever.

— Qu'est-ce tu crois, tu crois ici c'est le paradis?

Il l'a répété trois fois, est sorti puis réapparu.

— Vous voulez m'virer, virez-moi et c'est bon on en parle plus.

Le principal s'est insensiblement départi de son ton affable.

— Si, justement, Idrissa, il faut en parler. C'est important qu'on en parle et que tu entendes ce qu'on dit.

Il s'était rassis.

— J'm'en bats les couilles moi.

Le principal a coupé court en donnant le dernier mot à la mère, conformément à la procédure légale. Elle n'a rien dit, on l'a invitée à attendre que nous délibérions dans le hall mitoyen. Elle s'est retirée en nous remerciant.

Nous avons voté l'exclusion définitive.

Salimata a repoussé le moment de regarder la copie déposée sur sa table, puis elle a tendu le cou et vu le 4.

— Il faut absolument que tu soignes l'expression, Salimata. C'est la base, ça. Commence par bien soigner tes phrases et après on pourra parler du reste.

Habituée à ce tarif, elle ne donnait aucun signe de déception.

— Déjà, il faut que tu enlèves toutes les expressions orales ou familières, tu comprends?

Sa bouche a formé un oui aphone. J'ai repris la copie afin d'illustrer ma démonstration.

— Par exemple il faut mettre les négations. « Je ne fais pas de sport » plutôt que « je fais pas de sport ».

J'avais appuyé exagérément sur le ne.

— Et tu vois, des trucs comme super-beau, à l'écrit ça se dit pas.

Elle avait relevé son regard vide sur moi.

— Surtout que les expressions orales c'est souvent sur celles-là qu'on fait des fautes, parce que comme on est pas habitués à les voir écrites, on les connaît que d'oreille, et l'oreille ça trompe.

Une salve de postillons a atterri sur sa trousse badigeonnée au marqueur d'un Mali En Force.

— Par exemple on écrit pas « ça se trouve » mais « si ça se trouve ». Ou encore on écrit pas « ranchement » mais « franchement ». De toute façon tu peux pas écrire « franchement » en début de phrase comme on fait à l'oral. C'est comme « déjà ». On écrit pas « déjà », on écrit « premièrement », ou « d'une part ». Il y a des choses qui se disent et qui ne s'écrivent pas, voilà.

Alyssa, crayon subtil entre dents pugnaces, Los Angeles Addiction écrit vingt centimètres au-dessous, et des ciels qui s'ouvrent en enfilade.

— Mais m'sieur comment on peut savoir si une expression elle se dit qu'à l'oral?

J'ai reposé la copie de Salimata pour me donner du temps.

— Normalement c'est des choses qu'on sait. C'est des choses qu'on sent, voilà.

Hadia s'est dressée comme réveillée en sursaut.

— C'est la tuition.

— Voilà, c'est l'intuition.

Je ne voyais pas ce qu'il y avait à la suite de How To Become Beautiful ? sur le sweat de Faiza penchée sur le texte qu'elle lisait à haute voix. Quand elle s'est redressée, j'ai pu lire Meet A Rich Man, elle a demandé ce que voulait dire « avoir le cafard » par quoi s'achevait l'extrait lu. Branchée sur l'orage, Sandra a foudroyé la question à peine formulée.

— C'est quand on a les idées noires et tout. Par'emple quand on se sent seul et tout.

— Et pourquoi on dit avoir le cafard, d'ailleurs ? Tu sais Sandra ?

— Ben c'est quand on a les idées noires et tout.

— Oui, mais pourquoi on dit avoir le cafard, et pas avoir la ratatouille par exemple ?

— Rien à voir, m'sieur, la ratatouille.

— Oui mais c'est quoi le rapport entre un cafard et des idées noires ?

L'assistance s'est figée sous la question et tendue vers la réponse. Hinda ressemble à je ne sais plus qui et a sonné le début de l'offensive.

— C'est parce que les cafards ils sont noirs et donc ça va avec les idées noires.

— Oui, mais alors pourquoi on dit pas avoir le corbeau ?

— Parce que les corbeaux ils sont joyeux.

— Et les cafards c'est triste ?

— Ben ouais, ils ont tout le temps le cafard.

Sandra a eu un rire de mille volts, sitôt éteint qu'allumé.

— En fait c'est parce que les cafards ils sont petits, ils peuvent rien faire, ils sont toujours en galère. Alors ils voudraient être plus grands, mais c'est pas possible, ils sont trop dégoûtés.

— Dans ce cas on peut dire avoir la fourmi, parce que c'est pas bien grand non plus une fourmi.

Le brouhaha naissant m'avait fait hausser le ton, Mohammed-Ali a haussé le sien à proportion.

— C'est pas vrai m'sieur, au Maroc y'a des fourmis elles sont grandes comme ça, j'vous jure m'sieur, c'est ma tante elle m'l'a dit.

Il y avait la place pour un doberman dans l'espace entre ses deux mains figurant la taille des fourmis marocaines. Michael a dit que sa tante elle les mangeait les fourmis, le neveu offensé a dit que toi ta tante elle mange de la merde de zèbre, les autres ont exclamé leur dégoût, Sandra a crié putain t'as vu les éclairs, allumant un incendie que la pluie battante elle-même n'éteindrait pas. En guise d'extincteur, je me suis armé du brevet blanc du lendemain. Silence immédiat.

— En français, si vous respectez bien les consignes, tout le monde peut engranger des points.

J'arpentais les rangs, colonel vérifiant la netteté des uniformes.

— Surtout, d'ici demain, passez pas dix heures le nez dans les révisions de maths. Aérez-vous plutôt. Pensez à autre chose. De toute façon, la veille pour le lendemain ça sert à rien. La mémoire c'est avant qu'elle se fixe, par le sommeil. Éventuellement ouvrir un ou deux cahiers pour se rassurer, mais en gros c'est déjà joué. Ce qui vous reste à faire, c'est vous concentrer sur les gestes élémentaires : être à l'heure, être même un peu en avance pour prendre le temps de trouver sa salle et sa place, avoir bien toutes ses affaires. Et surtout, bien dormir. C'est très important de bien dormir. Bien dormir, c'est 50 % du boulot.

Dès que cela a été permis, deux tiers se sont levés bruyamment. Sac prêt depuis longtemps, ils ont tous afflué en même temps vers la table pour y déposer leur feuille anonymée. Il n'est plus resté que Jie, Jiajia, Xiawen, Alexandre et Liquiao, penchés sur leur machine à calculer, essayant de nouvelles combinaisons de figures sur leurs feuilles de brouillon rose, absents aux cris de couloir des élèves libérés. Puis Alexandre s'est retiré à son tour.

Angélique avait passé son blouson épais mais a fait au préalable un détour par le bureau, flanquée de Camille un peu en retrait.

— M'sieur moi la rédaction pour après les vacances j'vous la rendrai pas.

— Ah ? Et pourquoi tu m'la rendras pas ?

— Parce qu'en fait je s'rai pas là à la rentrée.

— Ah ? Et pourquoi tu s'ras pas là ?

— Ben parce qu'en fait j'vais finir ma quatrième dans un autre collège.

— Ah ? Et tu vas où ?

— Dans le 94.

— Ah ? Et pourquoi tu vas là-bas ?

— Ben c'est ma nouvelle famille d'accueil elle habite là-bas.

— Bon.

— C'est pour ça c'est pas la peine que j'fasse la rédaction.

Camille écoutait avec des airs de condoléances. Quoique je dise, ce serait loupé.

— Ben, bon courage pour la suite. J'espère que tu passeras en troisième.

— Merci. Au revoir.

Elle s'éloignait, harnachée de son sac qui lui tombait à mi-cuisse et que je ne reverrais plus.

Après deux jours d'épreuves de brevet blanc, ils n'étaient pas disposés à travailler. Me félicitant intérieurement de ma réactivité, je leur ai offert une plage d'expression libre, précédée de deux minutes pour réfléchir à ce qu'ils auraient envie de dire au monde si on leur en laissait la possibilité.

Mohammed-Ali s'est proposé le premier puis s'est levé pour se jucher sur l'estrade. Je ne l'avais pas envisagé de cette manière mais me suis retiré pour l'écouter depuis le fond de la classe. Sa grosse chaîne en faux or brillait sur le blanc de son haut de survêtement Timberland.

— Mesdames et messieurs aujourd'hui je voudrais spécialement m'adresser à nos amis Maliens qui hélas ont connu hier une grosse défaite. Une grosse défaite de 4-0, que leur a fait subir la grande équipe du Maroc. Eh oui c'est comme ça, et nous prierons tous pour que le Maroc batte en finale nos amis Tunisiens. Mais je trouve que les Maliens depuis cette défaite ont une attitude pas correcte. Jusqu'à la demi-finale, ils se disaient Africains et maintenant qu'ils sont sortis de la compétition, par la grande équipe du Maroc, une défaite de 4-0, maintenant qu'ils sont sortis de la compétition ils disent qu'ils s'en fichent de l'Afrique et ça c'est pas bien.

Le sourire du chambreur ne le quittait pas, et ses mains rappeuses, à plat dans l'air, appuyaient chaque segment de phrase.

— Je ne dirai pas les noms mais y'en a dans

cette classe qui se sont comportés ainsi, et j'ai envie de leur dire ne soyez pas mauvais joueurs et continuez à être des Africains, même si vous avez une équipe très faible. Alors j'invite les Maliens à soutenir la grande équipe du Maroc pour la grande finale qui nous attend samedi devant nos amis Tunisiens. Merci.

Une partie de la classe a applaudi. Faisant tourner son bonnet autour de son poing, Souleymane, à qui le discours était explicitement adressé, hochait la tête avec l'air surjoué de celui qui promet des représailles.

— Tu as le droit de répondre si tu veux, Souleymane.

— J'm'en fous moi, il dit c'qui veut ce bâtard.

Imane, qui avait au préalable réservé sa plage d'expression, était déjà sur l'estrade.

— J'peux y aller m'sieur ?

— On t'écoute.

— Alors...

Elle a pris sa respiration, et sa mine à rigoler de tout.

— Alors moi j'voudrais m'excuser, parce que c'est vrai 4-0 c'est un peu dur, mais bon quand on est plus fort on est plus fort, mais voilà je m'excuse quand même pour les Maliens, et je pense beaucoup à eux parce qu'une telle défaite ça doit être très dur. Alors que nous les Marocains on est très heureux depuis hier, voilà, à tous bonnes vacances.

Vingt-sept

Un septuagénaire fumait sans lèvres, le regard rivé au journal accroché au-delà du comptoir en cuivre sur lequel le serveur en livrée a déposé une tasse.

— Tu verras qu'il va être réélu l'Espingouin.

— Comme quoi la guerre ça paye.

Dehors, le jour en cours de dépli m'a laissé apercevoir les dos de Marie et Jean-Philippe qui dépassaient le boucher chinois. Après l'angle, je les ai trouvés poussant la porte massive en bois. Dans la cour intérieure, quatre agents munis de pelles métalliques repoussaient les restes de neige boueuse contre les murs respectifs. Jean-Philippe et Marie venaient de pénétrer dans la salle où Valérie était rivée à ses mails et Gilles à la photocopieuse en panne.

— Salut.

Julien est entré, le visage halé sauf le pourtour des yeux. Gilles avait le visage hâlé sauf le visage.

— Ça me gonfle de revenir là, tu peux pas savoir.

— C'est dur, hein ?

— Tu m'étonnes.

— Moi c'est pareil.

Line dormait debout sous la femme à l'ombrelle.

— Oh là là c'était bien les grasses mat'.

— Tu m'étonnes.

Dico tardait à s'engager dans les escaliers à la suite des autres.

— M'sieur c'est possible changer d'classe ?

— Non

— Elle est toute pourrie celle-là.

— T'es dedans, c'est pour ça.

— Et vous avec.

— Dépêche-toi.

Le gros de la troupe attendait devant la salle de physique. Frida prodiguait un récit dont un demi-cercle de filles buvait le moindre mot.

— Il m'appelle il m'fait j'peux passer chez toi j'suis en galère. J'lui fais j'suis pas un bouche-trou, t'as qu'à

— allez, on rentre.

Souleymane est entré encapuché.

— Souleymane.

Il s'est tourné vers moi, m'a vu pointer mon crâne pour connoter le sien, n'attendait que ce signal.

— Le bonnet, aussi, s'il te plaît.

J'ai écrit au tableau le titre du roman à acheter et en dessous le nom de l'auteur.

— Voilà, c'est un écrivain français. Euh, en fait non, c'est un belge, mais bon il a essentiellement vécu en France.

Doigt levé, Dounia a attendu sans impatience que je lui donne la parole.

— Ça veut dire c'est une traduction ?

Elle était assez fière du mot traduction, trahissait une certaine satisfaction à l'avoir prononcé.

— Ben en fait non, parce que tu sais les Belges en général ils parlent français. La moitié à peu près. Il y a d'un côté les Wallons et de l'autre

Khoumba s'est dressée devant les flamands.

— Moi le livre j'l'achèterai pas.

J'en suis resté coi une seconde.

— Tiens, t'as retrouvé ta langue ?

— C'est juste pour dire le livre j'l'achèterai pas.

— Et pourquoi donc ?

— J'sais pas j'l'achèterai pas c'est tout.

— Tu sors.

Elle s'est aussitôt dirigée vers la porte, ce qui a mis la balle de la justification dans mon camp.

— La prochaine fois, tu demanderas la parole pour agresser les gens.

Elle s'est plantée sur place et m'a fait face.

— J'ai agressé qui ?

Adidas 3, Djibril a arbitré le contentieux en la tipant.

— Vous avez vu m'sieur comment il m'a tipée?

— Vas-y j't'ai pas tipée. Tsss.

— Si, tu m'as tipée.

— J't'ai pas tipée j'm'en bats les yeuks de toi. Tsss.

— M'sieur vous l'laissez m'dire ça et moi j'parle du livre et j'sors?

J'avais croisé les bras et pris l'air de celui qui a bien dormi et attend tranquillement que ça se passe. Mon ton a démasqué ma fébrilité.

— J'm'en fous d'vos histoires. J'voudrais juste que tu sortes, et pas entendre dire qu'un livre c'est cher par des gens qui se paient des kebabs tous les midis.

Elle avait une main sur la poignée.

— J'aime pas ça les kebabs.

La porte a claqué sur le kebab.

J'avais bien remarqué que Mariama s'était avachie à mesure sur sa chaise, abattue ou feignant de l'être, ce qui revenait au même. Cependant je retardais le moment de m'en enquérir car cela risquait de rompre le calme miraculeux de cette fin d'après-midi. C'est elle qui a pris l'initiative, profitant que j'étais penché sur la feuille d'exercice de sa voisine.

— M'sieur j'pourrai vous parler après?

— Oui oui, bien sûr.

Ayant attendu la sonnerie puis l'envol subséquent de ses condisciples, elle s'est approchée du bureau comme une petite fille qui ne retrouve plus sa maison. Aux premiers mots les larmes ont perlé sous ses pupilles noires.

— M'sieur...

— Vas-y, parle, on est là pour ça.

Ses joues tremblaient sous le poids des pleurs imminents.

— J'suis perdue.

Portable en pendentif, et ses yeux des fontaines maintenant.

— Comment ça perdue?

— J'comprends rien.

— Tu comprends rien où?

— Partout. J'comprends rien à c'qu'on fait.

— En français tu m'donnes pas toujours cette impression.

Elle tripotait son portable d'une main, et effaçait de l'autre le fil continu de ses larmes.

— Des fois j'y arrive mais sinon j'comprends rien.

Elle était debout, j'étais assis.

— Tu sais, c'est pas très grave de pas tout comprendre. Personne comprend tout, tu sais. Même moi des fois j'comprends qu'à moitié c'que j'dis.

Elle n'a pas ri.

— Le truc, c'est faire le maximum de c'qu'on peut, et après on voit.

Elle ne pleurait plus, ma voix était d'un médecin qui rassure une hypocondriaque vraiment malade.

— Surtout il faut bien t'occuper de ton orientation, tu t'en es occupée ?

Elle reniflait le reliquat de ses pleurs.

— Oui j'ai pris un rendez-vous avec la conseillère.

— C'est le plus important. Être sûr de bien choisir ce qu'on veut. De bien choisir c'qu'on veut par rapport à c'qu'on peut. D'accord ?

Elle s'est mouchée bruyamment. Je n'aurais pas parié qu'elle réalisait qu'elle était socialement foutue. Elle a remonté sur son épaule un sac qui a semblé lesté de pierres tombales.

— Mais si j'veux faire une seconde générale, c'est pas la peine de chercher ou quoi qu'ce soit.

— Oui, mais si jamais tu peux pas la faire, il faut prévoir le coup et se renseigner pour une bonne orientation professionnelle.

— J'veux pas faire professionnel.

— Oui mais c'est au cas où.

— D'accord, merci m'sieur.

Avant de laisser la place à la conseillère d'orientation psychologue, le principal souhaitait revenir brièvement sur les résultats du brevet blanc.

— Avant de laisser la place à la conseillère d'orientation psychologue, je souhaite revenir brièvement sur les résultats du brevet blanc.

Des retardataires prenaient place à pas de velours sur les chaises vides encore majoritaires, et qui le resteraient malgré ce rééquilibrage progressif.

— Je dois dire que j'ai été un peu déçu. Il faut que vous compreniez que les brevets blancs, c'est pas fait pour décourager, c'est fait pour donner des repères. Mais là c'est vrai qu'il y aurait de quoi se décourager. Les mathématiques par exemple, c'est très inquiétant. Et là, je crois que c'est une histoire de blocage. De blocage psychologique. Parce que sinon, on ne voit pas pourquoi. Vous ne devez pas paniquer devant un devoir de mathématiques. Il faut que vous restiez calmes, que vous preniez le temps de bien lire la consigne. Souvent la moitié de la réponse se trouve dans la consigne.

Il a marqué un temps, cherchait ses mots, s'est éclairci la voix en toussant, l'hiver ne désarmait pas.

— Ma conviction, c'est que le redoublement en troisième ça n'existe pas. Il y a de la place pour chacun d'entre vous au lycée. Que ce soit le général, le technologique, le professionnel, il y a de la place.

Je n'ai pas suivi le reste de son intervention. Deux rangs devant, je venais de reconnaître l'homme à un bras, du moins celui que j'identifiais ainsi car cette fois aucun membre ne lui manquait. Il ne perdait pas un mot du préambule, acquiesçant parfois du menton. Au bout de quelques minutes il a boutonné son pardessus puis m'a regardé le fond du cerveau avant de disparaître par la porte aux deux battants ouverts. Au même moment, une tête chenue est apparue, puis le corps en costume soudé à elle. Le principal l'a aperçu au détour d'une torsion de buste machinale, lui a souri, l'a fait avancer et présenté comme le proviseur d'un lycée professionnel d'un arrondissement limitrophe. Plus tard, il égrènerait les BEP préparés dans l'établissement dont il avait la charge.

Jacqueline avait paniqué.

— J'ai paniqué, j'ai paniqué. Quand j'ai revu le sujet après, à froid, je savais tout faire, mais devant la copie j'ai complètement perdu mes moyens.

En son temps, Danièle aussi avait paniqué.

— L'agreg interne pour ça c'est un piège, t'es sorti du circuit, t'es plus habitué.

Par peur de se trouver minable, Line repoussait d'année en année le moment de la passer et a détourné la conversation.

— Oh là là qu'est ce qu'il est studieux.

J'ai confirmé d'un sourire niais puis me suis absorbé dans mes ciseaux.

— Mariama a encore fait des siennes.

Ça ne pouvait être que Jean-Philippe m'avisant de derrière. Je me suis retourné, il était debout sous les nymphéas peints en bleu.

— Jeudi dernier, elle a recommencé à se moquer des Chinoises de ta classe.

— Ah?

— Elle faisait des petits bruits comme quand on veut imiter les Chinois.

Ciseaux en suspens, je m'étais mis de profil sur ma chaise, il a mordu dans son bâton de réglisse substitutif à la nicotine.

— Elle n'arrête pas de le faire, depuis le début de l'année elle le fait.

— Oui oui, j'ai cru remarquer aussi.

Géraldine revenait de l'intendance avec un lot de gobelets emboîtés.

— Quelqu'un aurait la monnaie sur cinq euros?

Jean-Philippe s'est planté le bâton de réglisse entre les lèvres pour extraire une pièce de sa poche de jean.

— En même temps, les Chinoises elles font pas beaucoup d'efforts.

Géraldine libérait les gobelets de leur gaine de cellophane.

— À la fin du chapitre, on peut dire que c'est comme une résurrection. Comme celle de Jésus.

L'indifférence était générale, sauf Dounia qui avait lu le livre et m'avait dit y'a trop de descriptions.

— Maria, tu peux expliquer ce que c'est une résurrection ?

Mohammed, District 500, a répondu à sa place.

— C'est quand par'emple un sportif il a perdu trois matchs et d'un coup il s'remet à gagner.

— M'sieur ça fait longtemps vous avez une dent en argent ?

Rangée de gauche, premier rang, Dico avait sa tête à emmerder tout le système solaire.

— J'vois pas le rapport avec la résurrection. Si au moins tu savais c'que c'est, mais même pas.

— Si, je sais.

— Alors ?

— J'ai pas envie d'le dire.

— Tu sais que j'suis en train de collecter les éléments sur toi pour faire un dossier d'exclusion définitive ?

— J'm'en fous d'ton dossier.

Sonnerie, oiseaux, Fortunée et Amar sont sortis en se poursuivant sous les cris de Souley-

mane à qui Djibril a arraché son bonnet, le passant à Kevin qui l'a lancé derrière l'armoire et
Souleymane a dit m'sieur mon bonnet il est
derrière l'armoire,

— Qu'est-ce tu veux qu'j'y fasse?

Khoumba s'est éclipsée bouche cousue,
Mariama attendait Dianka dont le pouce cla-
viotait sur son portable, Mohammed était encore
assis à finir de copier le cours sans le comprendre, Alexandre l'attendait, Souleymane
glissait un bras derrière l'armoire en grima-
çant, joue collée contre la cloison, Frida traçait
un cœur dans la buée de la vitre, Dico s'est
approché.

— M'sieur pourquoi toujours les profs ils
veulent s'venger?

— Tu penses à qui, là?

— Quand vous m'dites vous êtes en train de
faire un dossier sur moi c'est d'la vengeance.

— C'est de la discipline, c'est pas pareil.

Égal à lui-même il ne me regardait pas, faisait
des ronds de jambe sur place, chaque réplique
menaçait d'être la dernière.

— Vous vous vengez parce que vous avez trop
la rage que j'vous ai répondu devant la classe
c'est tout.

— Quand un juge met quelqu'un en prison,
c'est pas d'la vengeance, c'est pour que la société
fonctionne.

— Vous vous êtes pas juge et vous vous vengez
c'est tout.

Ce disant, il avait fait demi-tour vers la porte, me laissant avec quatre ou cinq pots de moutarde dans le nez.

— M'sieur vous avez vu mon bonnet il est plein de poussière ça s'fait pas.

— Le mieux ce serait de plus en porter je pense.

Il se l'est enfoncé sur le crâne en marmonnant un rap. Rien à construire rien à séca qu'est-ce qu'il me reste à part ma joie.

J'avais demandé aux six élèves du groupe d'aide au travail personnel de lister cinq mots de sens inconnu sur lesquels ils avaient buté pendant la semaine. À tour de rôle, ils en ont fait une colonne au tableau. Nassanaba a écrit simuler, objecter, balbutier, se fourvoyer, outrepasser.

— Que des verbes ?

— C'est pas bon ?

— Si si.

Assez moche, Sofiane a écrit : bateleur, idoine, suggérer, dément, contraception. Mody : sidéral, galaxie, bigbang, comète, salsifis. Katia : métamorphose, fraternité, stimulateur, mégalomanie, flash-back. Yelli : dot, usurière, relater, rapace, réquisitoire. Ming : Autrichienne, bronze, méridionale, mégalomanie, gabarit. Prenant les listes une par une, j'ai demandé s'ils connaissaient certains des mots collectés par les autres. Faute de quoi j'ai expliqué, sauf pour Autrichienne, que les non-Chinois connaissaient. Me tournant vers Ming, j'ai dit qu'Autrichienne c'était assez connu en fait, mais que bon c'était vraiment un petit pays, qu'on s'en fichait un peu des Autrichiens. Tu connais quand même le pays qui s'appelle l'Autriche, Ming ?

— Non.

— Bon ben franchement c'est pas la peine de s'esquinter le cerveau là-dessus, parce qu'en gros c'est un pays qui n'a aucune importance dans le monde, et pas même en Europe. Est-ce que quelqu'un connaît un Autrichien célèbre ?

Aucun doigt levé, c'était plié.

— Voilà, j'vous le disais. Si une bombe rayait l'Autriche de la carte, personne s'en rendrait compte.

À côté de Mezut qui pleurnichait pour je ne sais quoi, Salimata a pointé son poignet sans montre à l'attention d'Abderhammane dans le rang opposé. Il a aplati ses mains sur une vitre imaginaire, un doigt replié. J'avais mal dormi, j'ai hésité puis parlé avant d'avoir tranché :

— Salimata, si tu veux savoir l'heure demande-moi.

D'avance elle a rougi de son audace.

— Quelle heure il est s'il vous plaît?

Ndeyé a ri, Jamaicans Spirit en travers de son survêtement jaune et vert.

— Ça t'fait rire l'insolence de ta copine, Ndeyé?

— C'est pas elle qui m'fait rire, m'sieur.

D'une œillade involontaire, elle a désigné Bien-Aimé dont le stylo avait coulé sur son blouson 89.

— M'sieur j'peux demander un mouchoir?

— Qui a un mouchoir pour Bien-Aimé?

Fayad s'est levé pour relayer le kleenex que Ming avait tendu dans le vide.

— On demande, avant de se lever, Fayad.

Il s'est rassis.

— J'peux m'lever, m'sieur?

— Ben oui, maintenant.

En passant, il a trébuché sur le sac de Tarek et s'est repris en s'appuyant sur l'épaule d'Indira, à côté de laquelle Abdoulaye ne perd jamais l'occasion de s'asseoir, qui a dit

— oh le vicieux comment il en profite.

Alyssa n'a pas ri à l'unisson de tous car quelque chose la tracassait.

— M'sieur pourquoi est-ce qu'on dit imparfait de l'indicatif. Pourquoi on dit : de l'indicatif.

— J'te retourne la question. Pourquoi?

Cette fois son crayon ne survivrait pas à l'assaut des canines.

— Les autres, vous avez entendu ? Pourquoi « de l'indicatif » ? Oui Bien-Aimé, on t'écoute.

— M'sieur, ça fuit, j'peux aller aux lavabos ?

— Va aux lavabos, qu'on en finisse. Alors, les autres ? Pourquoi « de l'indicatif » ?

En regagnant sa place Fayad avait chipé le typex de Hadia coiffée d'un bandana et le faisait maintenant couler sur la feuille de Demba.

— Eh bien, si on précise « de l'indicatif », c'est pour pas confondre avec un autre imparfait, et c'est quoi cet autre imparfait ?

Abderhammane a enlevé sa montre pour la déposer devant lui en appui sur sa trousse, puis a dit

— imparfait du subjonctif.

— Bien. Et c'est quoi l'imparfait du subjonctif ?

Ils ne savaient pas. J'ai expliqué. J'ai écrit il faut que j'aille, puis il fallait que j'allasse. Ils ont fait oh là là le vieux temps.

— Bon, c'est vrai qu'on s'en fiche un peu de l'imparfait du subjonctif. Juste vous le trouverez dans des romans, et encore, pas très souvent. À l'oral, personne l'utilise. À part des gens très snobs.

Hadia coiffée d'un bandana a demandé

— c'est quoi snob ?

— C'est les gens, tu sais, qui ont des manières.

Faute de mots, je mimais en pinçant les lèvres, raidissant le dos et étirant le cou.

— Tu vois ou pas ?

Le point d'interrogation qui court sur le visage d'Alyssa s'est transformé en flèche résolue à déchirer le ciel.

— T'manière si nous on l'utilise, tout l'monde va dire hou là qu'est-ce qui font, là? ils sont malades ou quoi?

Souleymane est entré encapuché.

— Souleymane.

Il s'est tourné vers moi, m'a vu pointer mon crâne du doigt pour connoter le sien. M'a imité littéralement.

— Le bonnet, aussi, s'il te plaît.

Pendant ce temps, Michael avait de sa propre initiative scindé son binôme avec Hakim en s'installant seul au fond de la classe.

— Michael, j'approuve totalement cette initiative qui a pour but, j'en suis sûr, d'être plus sage. J'me trompe?

— Non m'sieur.

La classe pouffait. À la table devant lui, Hinda baissait la tête de gêne, escamotant son visage qui ressemble à je ne sais plus lequel.

— Y'a pas d'autre motivation, on est bien d'accord?

— Oui, oui. C'est pour j'arrête de bavarder.

Hinda n'avait toujours pas relevé le nez.

— Par exemple tu vas pas embêter Hinda, on est d'accord ?

Il a fait non avec une inflexion d'évidence, faisant durer la voyelle. Hinda se regardait les ongles. Sandra était branchée sur son groupe électrogène intégré.

— M'sieur on peut parler des attentats ?

— Pour quoi dire ?

— Ils arrêtent pas d'dire que c'est les islamistes, alors qu'en fait on sait même pas.

— Y'a quand même de grandes chances, non ?

Mohammed-Ali et Soumaya sont montés au créneau au quart de tour, entrelaçant leurs vociférations.

— Pourquoi ils disent c'est les islamistes ? tant qu'y'a pas d'preuves on sait pas ils ont qu'à s'taire c'est tout y'a pas moyen.

— Et alors qu'est-ce ça change ?

Mohammed-Ali s'était échappé du peloton vindicatif.

— Ça change qu'ils savent pas c'est tout.

Soumaya a recollé sa roue.

— Même le 11 septembre ils savaient pas.

Imane est entrée dans la course.

— Moi j'étais contente le 11 septembre.

Et moi content de pouvoir en découdre.

— 3 000 morts t'es contente ?

Mohammed-Ali était reparti.

— Eh m'sieur faut voir aussi tous les morts les Américains ils font en Palestine et tout.

— Oui, enfin admettons, mais on peut pas éternellement rester dans la spirale de la vengeance.

— Mais les Américains ils tuent des musulmans, c'est normal les musulmans ils s'défendent.

— Même en tuant n'importe qui ?

Brouhaha contradictoire mais je n'écoutais plus que moi.

— Voilà, moi j'm'appelle Pepita, j'ai vingt-quatre ans, j'habite en banlieue de Madrid. J'ai deux enfants en bas âge, j'travaille à Madrid, alors je m'lève à six heures pour prendre le train de banlieue. Et aussi il se trouve que l'année dernière j'ai manifesté contre la guerre en Irak, et contre mon gouvernement allié des Américains pour envahir un pays illégalement. Bon, donc comme tous les matins je prends mon train de banlieue, j'pense à tout ça, à mes enfants, à la guerre à tout ça, et boum je suis morte.

Comme par un sortilège, mes mots avaient fabriqué du silence. Grisé par ce triomphe, j'ai continué :

— C'est comme moi. Il se trouve que moi je suis un peu comme Pepita, je prends le métro le matin, j'en prends même trois pour venir ici, et il se trouve aussi que je suis contre la loi sur le voile. Or il semble qu'il y a des types qui veulent faire exploser des bombes en France pour sanctionner cette loi. Donc voilà, moi je vais mourir explosé à cause d'une loi que je ne cautionne pas. C'est chouette non ?

Le sortilège durait. Dans le silence, la voix de Sandra a résonné étrangement. Exceptionnellement douce. Débranchée. Acoustique.

— Ça veut dire quoi cossone ?

— Cautionner ça veut dire être d'accord.

— Oui mais si les Français ils disent pas qu'ils sont pas d'accord, c'est comme si ils sont d'accord. Vous l'avez dit, vous, que vous êtes pas d'accord ?

— Un peu.

— Un peu ça veut dire personne vous a entendu et voilà les islamistes ils peuvent pas savoir.

En ma qualité de professeur principal

— je vous accompagnerai au musée jeudi. Il va sans dire que vous devez noter cette sortie et faire signer par vos parents.

Love Me Tender cousu sur son pull, Frida a froncé des sourcils intelligents.

— Oui Frida ?

— M'sieur j'ai pas compris c'que vous avez dit.

— Ben c'est pourtant simple, il y a une sortie.

— Mais vous avez dit un truc j'ai pas compris.

— J'ai dit qu'il y avait une sortie, voilà.

— Mais vous avez dit qu'il va dire j'sais pas quoi.

— Il va sans dire ?

— Voilà.

— Il va sans dire, ça veut dire que c'est même pas la peine de le dire tellement c'est évident.

Elle a grimacé, comme percevant une mauvaise odeur.

— C'est bizarre.

— C'est bizarre, mais ça veut juste dire que c'est évident qu'il faut prévenir vos parents.

Rangée de gauche, premier rang, Dico ne déçoit jamais.

— On peut v'nir avec des amis ?

Feindre de ne pas avoir entendu.

— M'sieur on peut v'nir avec des amis ?

— Qu'est-ce que j't'ai dit en début d'heure ?

Perdu.

— J'pose une question c'est tout.

— Qu'est-ce que j't'ai dit en début d'heure ?

Je lui avais dit au premier mot déplacé tu dégages.

— Mais là c'est une question c'est tout.

— OK, tu sors.

Il connaissait le chemin et, dix secondes après la porte refermée sur lui, il a commencé à faire des bruits de bouche à travers la grille d'aération. Déboulant dans le couloir, je l'ai pris en faute.

— Allez hop tu m'suis au bureau.

Il m'a suivi dans l'escalier, ménageant entre lui et moi une zone franche de trois mètres qui s'est encore élargie dans la cour intérieure.

Sur le seuil du bureau, je l'ai poussé dans le dos pour qu'il avance.

— Vous m'touchez pas, pourquoi vous m'touchez?

— Avance et tais-toi.

Le principal s'occupait à son ordinateur. Il s'est retourné à mon interpellation sans préambule, aussi chantante que possible.

— Je suis désolé je vais encore vous embêter mais Dico nous refait une crise.

— D'accord, je vais m'en occuper.

Il a contre-plongé ses yeux dans ceux de Dico.

— Assieds-toi.

Dico s'est enfoncé dans la chaise molletonnée. Je ne le regardais plus.

— S'il ne rédige pas des excuses, je ne le prendrai pas demain. À terme, je demanderai une exclusion.

— Dans ce cas, il faudra faire une fiche incident.

— Très bien, je vous la remets en fin de matinée. Je suis désolé vraiment.

Le dragon du sweat de Léopold cracherait du feu si on l'énervait.

— T'as pas très bonne mine, dis-donc.

Teint gris, cernes, poil anarchique autour de

la bouche, pattes inégales, Gilles en effet n'avait pas très bonne mine.

— Ça se voit tant que ça ?

— Oui, quand même.

Teint gris.

— J'ai fait une sorte de malaise, vendredi.

— Non ?

Cernes.

— J'étais debout au tableau, et d'un seul coup je tenais plus sur mes jambes. Je me suis juste rattrapé au bureau.

— Ils t'ont aidé les élèves ?

Poil anarchique.

— Oui, ils se sont levés pour me soutenir par-dessous les bras, que je puisse m'asseoir.

— T'aurais dû demander un congé.

Autour de la bouche.

— J'sais pas, ça m'emmerde. Déjà qu'en étant là tout le temps on arrive à des résultats lamentables au brevet blanc.

— Faut pas t'sentir obligé.

Pattes inégales.

— En plus j'ai eu ma note administrative, ça m'a complètement déprimé.

Claude frottait une pièce de cinquante centimes sur sa cuisse pour conjurer son inefficacité. Il l'a introduite dans la machine aussi délicatement que pour ne pas la réveiller, elle est réapparue en bas.

— Merde.

Gilles lui a machinalement tendu une pièce de même valeur.

— J'suis désolé mais t'es là, t'essaies d'faire un minimum de boulot et les autres là-haut qui captent rien de c'que tu fais ils te balancent des notes de merde, moi ça m'déprime.

Assise au coin salon, Sylvie était enceinte.

— Je crois que Moussa est dépressif.

Rachel avait trois enfants, dont une fille.

— Ah bon?

— Ouais. Pendant mes cours il dort tout le temps.

Bastien n'était pas enceinte car c'était un homme.

— Tu sais c'est un peu normal, son père a eu un accident de moto l'année dernière. Il a morflé. Six mois à l'hôpital un truc comme ça. Il est dans un fauteuil maintenant.

— Ah oui, Moussa m'a fait une rédaction sur les handicapés.

Par contenance, Claude démontait la machine à café.

— Quelqu'un aurait dix centimes?

Sylvie avait dix centimes mais pas envie de les donner. Bastien restait fixé à son idée autant qu'à son gâteau sec.

— Non mais t'imagines, le père à 200 à l'heure sur sa moto et vlan dans le mur, forcément le gamin il est pas bien.

— C'est pour ça, je crois qu'il est dépressif.

Ayant remonté la machine, Claude a songé à une autre boisson et rendu sa pièce à Gilles.

— T'as pas très bonne mine, dis-donc.

Rachel s'est approchée du casier d'où je venais d'extraire une demi-feuille qui sentait l'orange.

— Tu t'souviens qu'on va au musée après-demain ?

— Oui oui.

Monsieur, je m'excuse d'avoir perturbé votre cours et je vous demande de bien vouloir me pardonner. Je m'engage à faire des efforts autant en travail qu'en comportement. Dico.

— C'est quoi ?

Bastien se fichait de ce que c'était mais avait envie de parler. Je lui ai tendu la demi-feuille. Quelques miettes de son gâteau sec sont tombées dessus, puis, glissant sur les grands carreaux, se sont précipités dans le vide pour atterrir sans bruit sur le lino.

Xiawen avait un collier de petites croix. J'ai commencé leur décompte, sitôt interrompu par un mouvement de la propriétaire vers sa voisine Liquiao pour attraper le dictionnaire franco-chinois qu'elle a feuilleté très vite d'un doigt, comme un professionnel une liasse de billets. Je me suis réveillé.

— Bon, vous avez eu assez de temps pour réfléchir. Je veux deux raisons pour lesquelles c'est délicat de raconter sa vie.

Trois doigts levés.

— Y'en a trois seulement qu'ont une idée ? C'est pas mal sur vingt-cinq. Ça fait combien, trois sur vingt-cinq ?

Trois doigts qui se baissent, deux qui se lèvent. Il en reste deux.

— Oui Jihad ?

— Heu, un quart.

— C'est ça, t'as complètement raison, 3 fois 4 égale 25, enfin passons. Deux raisons qui font que c'est délicat de raconter sa vie, j'écoute.

Trois doigts qui se lèvent.

— Oui, Maria ?

Jamaïca.

— Parce que ça peut faire de la peine aux parents.

— Oui, voilà. Et plus généralement à tous les proches, ou alors à tous les gens concernés. Quoi d'autre ? Dounia.

Cheveux sous bandana noir.

— Ça rapporte pas forcément d'argent.

— Oui, c'est assez juste, mais en fait ça a pas un rapport direct avec le sujet. Frida on t'écoute.

Cheveux sous bandana rouge.

— J'suis pas sûre c'est bon.

— On t'écoute.

— Mais j'suis pas sûre c'est bon.

— On t'écoute.

— Ben, parce qu'on est gêné, aussi.

— Ah, explique-moi ça.

— J'sais pas comment expliquer. Par'emple des fois on a fait des choses on a honte.

— Très bien. C'est intéressant la honte. On a tous fait des choses dont on a honte. Donnez-moi des exemples de choses dont on pourrait avoir honte.

Ils ont trouvé sans chercher, mais riaient en coin plutôt que de se manifester publiquement.

— Je demande pas forcément un souvenir à vous. Donnez-moi des choses en général qui pourraient faire honte.

Ils se lançaient des regards d'intelligence, se pinçaient le nez comme assaillis par des souvenirs malodorants.

— OK, si personne veut parler, moi je vais raconter quelque chose.

Silence d'or.

— J'avais douze ans je crois, et à cette époque j'étais pas très avancé, du moins sur certaines choses, sur d'autres oui mais sur certaines non, et tous les matins on s'retrouvait dans la cour avec trois filles et deux garçons, on était un petit groupe quoi, comme vous en formez dans la cour, bon, et parmi ces trois copines, il y en a une avec qui je crois j'aurais bien fait quelques trucs, mais à la rigueur cet aspect n'a pas d'importance, et un matin j'arrive elle était pas là, et alors une des deux autres filles a dit que c'était normal, hier elle l'avait appelée et elle lui avait

200

dit qu'elle avait mal au ventre, et alors l'autre garçon a dit ah elle a ses règles ? et la fille a dit t'as tout compris, et moi j'ai dit c'est quoi les règles ? et là ils se sont regardés tous les deux l'air de dire c'est qui ce paysan ? Et voilà, à chaque fois que j'y repense, j'en frissonne de honte. Alors qu'en fait j'devrais pas. Y'a pas de honte.

La conférencière précédait le groupe de quelques mètres, puis s'est arrêtée auprès d'un caisson en bois et métal, avec des renfoncements couverts de miroirs se réfléchissant les uns les autres.

— Ça c'est une œuvre qui s'appelle L'Infini matérialisé. Qu'est-ce que vous évoque ce titre ?

Ni ceux qui s'étaient disposés les premiers autour du caisson, ni les retardataires n'ont répondu.

— Ça vous semble pas bizarre comme expression l'infini matérialisé ?

Ni ceux qui n'arrivaient que maintenant.

— Vous trouvez que ce sont deux mots qui vont bien ensemble, infini et matériel ?

Sans comprendre, Jihad a compris que non à l'intonation et chuchoté un non dont la conférencière s'est autorisée pour continuer.

— Non bien sûr, car le monde matériel par définition c'est fini, au sens où c'est le contraire de l'infini. L'infini, inversement, est associé au spirituel, à ce qui n'est pas matériel.

Entre les murs contemporains résonnait sa voix.

— Or cet artiste réunit les deux notions dans un même titre, et surtout dans un même objet. Comment y parvient-il?

Ni Djibril qui s'était égaré et nous rejoignait à peine.

— Regardez bien les parois. De quoi sont-elles faites?

Jihad qui se regardait dedans a dit

— c'est des miroirs.

— Très bien, elles sont faites de miroirs, et c'est comme ça que l'artiste construit de l'infini par de la matière, dans de la matière, à l'intérieur de la matière.

Sous sa gravité affectée Sandra souriait.

— Monsieur vous l'avez Souleymane?

— En troisième 1, oui. Ça te fait rire?

— Vous savez il a fait quoi à Hinda?

J'ai fait non d'un froncement de front. Ses mains retournées enserraient le bord du bureau.

— Vous êtes pas au courant?

— Ben non.

— Il lui a fait pisser le sang.

— Exprès?

— Ben ouais, il a voulu faire genre j'me venge parce qu'il a cru qu'Hinda elle s'moquait, alors qu'en fait non.

Les autres tardaient à s'asseoir, ouvraient les fenêtres en arguant que ça pue là-dedans. Hinda effectivement n'était pas là. J'ai élevé la voix pour me faire entendre de Sandra.

— Et comment il lui a fait pisser le sang ?

— Il lui a ouvert le truc qu'est là.

Un doigt entre la tempe et l'œil.

— L'arcade sourcilière ?

— Voilà.

Elle laissait quelques fonctions internes en veilleuse mais bouillait de les rallumer.

— Écoute, j'ai l'impression que c'est assez grave ce truc, alors j'comprends pas pourquoi tu souris.

— J'souris pas.

— Si, tu souris.

— Non j'souris pas.

— Ça fait un peu de divertissement dans l'collège, une bonne baston, hein ?

Elle posait un pied sur l'estrade puis le reposait à terre, ce qui découvrait et masquait alternativement son nombril.

— Oh là là y'avait du sang partout c'était horrible à voir, j'vous jure sur ma vie.

— Tu vois : tu ris.

— Franchement c'était horrible à voir.

— OK, va t'asseoir.

L'heure a passé, j'ai demandé pourquoi écrire

sa vie? ils ont dit c'est pour frimer, j'avais mal dormi, j'ai dit les vies des types qui les racontent sont pas forcément reluisantes, ils ont dit ils peuvent mentir et arranger, j'ai dit c'est sûr, ils ont dit t'façon on s'en fout qu'ils nous racontent leur vie, j'ai dit c'est intéressant parce que peut-être elle ressemble un peu à la nôtre, et même si elle ressemble pas à la nôtre justement c'est encore plus intéressant, c'est histoire de se documenter sur la vie, en fait raconter sa vie c'est juste raconter la vie, vous voyez? Ils ont dit mais qu'est-ce qu'on en fait de tout ça? et ont disparu à la sonnerie comme une volée de moineaux attirés par des miettes plus nourrissantes. Sandra a fait un détour par le bureau.

— M'sieur c'est vrai c'que j'vous ai dit tout à l'heure.

— J'te crois mais arrête de sourire.

— J'souris pas, Souleymane il va avoir un conseil de discipline.

— Ah?

— Ben oui, normal.

Chantal, Jean-Philippe, Luc, Rachel et Valérie s'étaient répartis autour de la table ovale en vue d'un conseil de classe. Professeure principale, la première dirigeait les débats.

— Sonia on en pense quoi?

— Bof.

— Elle sourit pas, c'est bizarre.

— Moi j'crois que c'est plutôt de la timidité.

— Oui mais l'année dernière elle était pas comme ça, elle souriait.

— Qu'est-ce que j'lui mets comme appréciation générale ?

— Bof bof.

— Je mets ensemble moyen ?

— Ouais.

— OK. Youssouf ?

— Oh là là çui-là.

— Toi il est comment chez toi ?

— Ça va.

— Et toi ?

— Limite.

— Non, moi chez moi ça va.

— Faut l'isoler c'est tout.

— En ATP, il est chiant.

— En gros parmi nous il emmerde qui, au juste ?

— Moi.

— Moi.

— Moi, oui, il m'embête.

— Tant qu'tu lui dis pas ça suffit il va pas s'tenir tranquille.

— Dissipé, en fait ?

— Voilà, dissipé.

— OK, très bien, élève dissipé, doit changer son comportement. On passe à Aghilès.

— Oh là là çui-là.

— Qu'est-ce qu'il est agressif !

— Je mets élève agressif ?

— C'est un peu dur, agressif.

— On peut pas l'mettre ? S'il est agressif, il faut écrire agressif sinon...

— Non, c'que tu peux mettre c'est « fait parfois preuve d'agressivité ».

— Bon d'accord, je mets ça. Allez zou on passe à Yann.

— Oh là là çui-là.

— Ah quand même il bavarde un peu moins depuis quelque temps.

— Tu parles, il bavarde un peu moins parce que le conseil de classe approche, c'est tout.

— Tu crois ?

— Beh tiens.

— Donc je mets trop de bavardages. Et le travail ?

— Quel travail ?

— Il ne fout strictement rien.

— Travail aussi minuscule que sa taille, t'as qu'à mettre.

— Vous savez comment les autres l'appellent ?

— Non, comment ?

— Mimi Mathy.

— C'est qui Mimathy ?

— C'est plutôt drôle, cela dit.

— Et vrai.

— C'est qui Mimathy ?

— Une actrice naine.

— Ah d'accord.

— On passe à Nassim.

— Oh là là çui-là.

— Lui c'est de loin le plus pénible.

— Je mets bavardages incessants ?

— Il est toujours en agitation.

— Je mets bavardages incessants ?

— Bavardage et agitation.

— Est-ce qu'il a progressé quand même ?

— Même pas. Trop d'agitation.

— D'un demi-point chez moi.

— Tu mets bavardage et agitation et ne progresse pas.

— C'que j'peux mettre c'est bavard et agité et peut mieux faire.

— Non, faut mettre quelque chose de plus violent que peut mieux faire.

— Moi j'trouve qu'il bousille la classe ce mec.

— Justement, sur l'ensemble de la classe je mets quoi ?

— Bavarde.

— Oui, c'est surtout ça, bavarde.

— Vous êtes d'accord pour classe qui ne travaille pas assez et bavarde trop ?

Assez laide, Sofiane tardait à sortir. J'ai fini par laisser entrer Arthur et Gibran pour le cours suivant. D'un coup d'épaule ils ont posé leurs sacs à dos sur la table en se marrant de je ne sais quoi. Au passage Sofiane a jeté à la corbeille un stylo fuyant qu'après son demi-tour je me suis penché pour attraper. Je l'ai essuyé en l'enroulant dans une demi-feuille, l'ai essayé, il ne marchait pas, je l'ai remis à la corbeille. La salle se remplissait au rythme ensommeillé d'un début de semaine. La place d'Hinda resterait inoccupée, Hakim sifflait la Marseillaise, Arthur n'avait toujours pas retiré son anorak, Gibran non plus.

— Tu sais c'est qui qu'a gagné hier?

Arthur ne savait pas, Gibran a levé la tête vers ici.

— M'sieur c'est qui qu'a gagné hier?

— Gagné quoi?

— La politique.

— C'est la gauche.

Arthur n'avait sorti aucune affaire de son sac, Gibran non plus.

— Et c'est bien, ça?

— Ça, c'est à chacun de voir. C'est le principe du vote.

Ils ont souri.

— Oui mais nous on comprend rien.

— C'est déjà bien d'en parler.

Sandra déboulait dans la salle, train sans rails.

— Parler de quoi m'sieur?

— Tu t'assieds, tu t'calmes et j'te dirai.

Elle s'est assise, s'est calmée, je lui ai dit. Aussitôt sa centrale électrique organique s'est remise en route, elle a raconté qu'elle avait regardé la soirée électorale avec son père, c'était trop bien, en plus là y'avait pas de scènes de sexe et à la récréation suivante Gilles était pâle.

— On est déjà assez fatigué comme ça, en plus ils nous piquent une heure de sommeil.

Élise acquiesçait.

— C'est encore une sacrée connerie, ça.

Hinda était de retour. Déposant la feuille de contrôle sur sa table, j'ai vu le fil qui courait sur son arcade.

— Finalement c'est très mignon, cette petite blessure.

Elle a lâché son sourire, multipliant par sept la pétillance de ses yeux et les probabilités de printemps.

— Vous trouvez ?

— Ah oui. Sans mentir.

— Merci.

Elle ressemblait à je ne sais plus qui.

— Ça va au moins ?

Sourire à nouveau, collection printemps-été.

— Oui oui ça va.

Michael s'était levé et déplacé jusqu'ici.

— Monsieur, on copie la consigne ou on fait directement ?

— Mais ça va pas non de t'déplacer comme ça. On est pas au CE1, on s'déplace pas comme ça.

— Scusez-moi m'sieur.

Tout en me regardant, il a laissé tomber un bout de papier plié à portée d'Hinda qui l'a chipé furtivement. J'ai décidé de n'avoir rien vu puis harangué la cantonade.

— Perdez pas de temps pour commencer, vous aurez pas trop d'une heure.

Imane a levé le doigt.

— On doit raconter un souvenir réel?

— Oui. Ou tout du moins vraisemblable. Tu vois c'que ça veut dire vraisemblable?

— Ça veut dire c'est n'importe quoi.

— Non, ça c'est in-vraisemblable. Vraisemblable, c'est le contraire, c'est quand ça pourrait avoir lieu.

— Par exemple les vêtements. À la base, pourquoi on s'habille? Pour avoir chaud, et ensuite par pudeur. Mais très vite, les humains ont ajouté une troisième motivation quand ils s'habillent, c'est que ce soit beau, que ça corresponde à leur goût, ou à leur personnalité, ou à l'image qu'ils veulent donner. Et par exemple comment on les appelle les grands couturiers, ou ceux qui inventent les vêtements? On les appelle des stylistes. C'est-à-dire que vouloir être beau niveau vêtements, c'est faire attention au style, Ndeyé taistoi. En gros, le style c'est tout ce qui n'est pas strictement utile. Eh bien, pour le langage c'est pareil. Je peux dire quelque chose en me contentant de l'information que je veux transmettre, par exemple je suis né en France. Mais je peux dire la même chose en ajoutant du style, par exemple je suis né au pays des fromages, ou au pays des droits de l'homme. Là, je fais du style, du mauvais style mais du style. Et pour ça j'utilise un procédé, et ce procédé il a un nom, Ndeyé qu'est-ce que j'ai dit ? Par exemple, quand je vais à la patinoire, je peux me contenter de tourner sur la glace, comme on fait tous quand on est pas champion. Mais les champions eux ils font quoi ? Ils font des figures, des triple-flip et tout ça, Ndeyé c'est la dernière fois. Dire « pays des droits de l'homme » à la place de France, cela s'appelle faire une figure de style, et des figures de style il y en a plein. Celle-là c'est la périphrase. Mais on en connaît déjà d'autres. Lesquelles on connaît ?

Mezut avait pleuré pour je ne sais quoi en début d'heure.

— Le verbe.

— Enfin, Mezut, quand même, tu sais bien qu'un verbe c'est pas une figure. Un verbe c'est un verbe. Enfin. Quand même.

Alyssa savait la réponse mais préfère les questions.

— Pourquoi les Français ils disent qu'ils sont le pays des droits de l'homme ?

— Parce que c'est comme ça qu'on dit.

Bien-Aimé 67 m'a sauvé.

— M'sieur ça vous arrive aller à la patinoire ?

— Pas toi ?

— Ça fait trop pitié m'sieur.

Sonnerie et s'envolant les moineaux ont laissé à découvert Abdoulaye qui sollicitait un tête-à-tête.

— Monsieur, en tant que délégué j'ai quelque chose à vous dire.

— Ah ?

— C'est plusieurs élèves qui me chargent de vous transmettre quelque chose.

J'ai pensé/souhaité qu'ils me demandaient de les reprendre l'an prochain en troisième.

— C'est pour le conseil de classe.

— J'écoute.

Il était calme, sans manières, grande élégance de voyou racé dans son survêtement blanc à bandes noires.

— Ils trouvent que vous charriez trop.

— Ah ?

— Ouais, y'en a en heure de vie de classe ils ont dit vous charriez trop. Ils voudraient je le dise au conseil de classe.

— Mais qui dit ça ? Enfin, j'te demande pas de noms, mais ils sont combien ces gens ?

— J'sais pas, quelques-uns.

— Mais c'est pas une majorité quand même ?

— Non, quelques-uns.

— Bon.

— Au revoir m'sieur.

— Au revoir.

— J'en ai marre de ces guignols, j'peux plus les voir, j'veux plus les voir. Ils m'ont fait un souk j'en peux plus, j'peux plus les supporter, j'peux plus, j'peux plus, ça sait rien du tout et ça te regarde comme si t'étais une chaise dès qu'tu veux leur apprendre quelque chose, mais qu'ils y restent dans leur merde, qu'ils y restent, moi j'irai pas les rechercher, j'ai fait c'que j'avais à faire, j'ai essayé de les tirer mais ils veulent pas, c'est tout, y'a rien à faire, putain j'peux plus les voir, j'vais en assommer un c'est sûr, ils sont mais d'une bassesse, d'une mauvaise foi, toujours à chercher l'embrouille là, mais allez-y les gars, allez-y restez bien dans votre quartier pourri, toute la vie vous allez y rester et ça sera bien fait, mais c'est qu'en plus ils sont contents ces connards, ils sont contents d'y rester ces bouffons, d'façon j'vais aller voir le principal, et j'vais lui dire les troisième 2 je les prends plus d'ici la fin de l'année, ils auront deux mois de physique en moins ? tu parles qu'ils s'en foutent, de la physique ils en ont pas fait une seule seconde cette année, pas une seule seconde ils en ont fait, alors c'est pas deux pauvres mois de merde qui vont changer l'affaire, c'est pas maintenant qu'ils vont s'y mettre alors qu'ils sont moitié en rut à pousser des cris comme ça dans la cour, et même en classe mais c'est du délire j't'assure, ils sont là comme des bêtes j'te jure j'ai jamais vu ça, j'peux plus les supporter, c'est même pas les troisièmes que j'vais demander à plus avoir, c'est tout le monde, voilà, j'vais aller voir le principal et j'vais lui dire que j'prends plus d'élèves d'ici la fin de l'année sinon j'te jure j'vais en tuer un, il va faire la gueule le principal mais c'est presque une mesure de sécurité j'te jure quelqu'un a un mouchoir en papier ?

Pour faire entrer un peu de frais, le principal a demandé qu'on laisse ouverte la porte de la salle de permanence reconfigurée pour la circonstance.

— Aujourd'hui nous sommes réunis, car Souleymane est appelé à comparaître en conseil de discipline.

Le principal occupait à lui seul le côté opposé à celui de Souleymane, lui-même flanqué des deux déléguées d'élèves, banane en pendentif.

— J'insiste bien sur le fait que, sans vouloir anticiper sur la décision qui sera prise, toute sanction a une valeur éducative. Si le conseil de discipline demande aujourd'hui l'exclusion définitive, c'est pour donner à Souleymane la possibilité de se reconstruire ailleurs. C'est lui rendre un service que de lui rappeler la règle.

On est revenu sur l'incident. Chacun a dit ce qu'il pensait. Que c'était inadmissible. Que c'était dommage mais inadmissible. Le médecin scolaire a tenu à préciser que l'arcade était une partie connue pour être fragile, et que la quantité de sang écoulé n'induisait pas un coup violent. Danièle a dit que trois points de suture quand même. Grande croix en faux or au cou, l'éducatrice a rapporté qu'à plusieurs reprises elle avait vu Souleymane manifester une certaine éthique, une certaine droiture.

Invité à conclure en l'absence de sa mère, Souleymane a dit qu'il n'avait rien à dire, juste il ne voulait pas faire saigner Hinda. On l'a prié de sortir pour nous laisser délibérer. Lettres rouges de Redskins encerclant la coiffe de plumes d'un Indien au dos de son blouson.

Nous avons voté l'exclusion définitive.

J'avais introduit l'heure de vie de classe en demandant qu'ils expriment leurs doléances, puis expliqué ce que voulait dire doléances, puis dit qu'on avait aussi le droit de demander aux délégués d'exprimer au conseil de classe un contentement global, puis expliqué global, en l'opposant à local, puis exprimé, comme en aparté avec moi-même, ma nette préférence pour le second. Puis plus su quoi dire, regardé l'heure sur la grosse montre ridicule de Huang, et vu avec un immense soulagement Jiajia lever le doigt au prix d'un effort olympique.

— Oui, Jiajia ?

— Vous avez fini parler ?

C'était dit avec beaucoup de gestes qui essayaient de la hisser vers sa langue non-maternelle.

— Tu me demandes si j'ai encore des choses à dire ?

— Voilà, oui, voilà.

Pour que Jiajia s'impose ainsi l'oralité publique, il fallait vraiment que ce soit important.

— Non, j'ai fini, je te laisse la parole.

La classe s'est suspendue à ce moment rare et aux lèvres de Jiajia. Laborieusement, elle a expliqué en avoir assez que certains élèves, enfin surtout une qu'elle ne voulait pas citer, l'embêtent en permanence. Les autres ont eu des rires entendus : tous savaient qu'il s'agissait de Mariama, qui s'est signalée d'elle-même.

— M'sieur ça s'fait pas la balance comme ça.

Elle s'est tournée vers Jiajia et a pris des postures de rappeuse, avant-bras mobiles, tranches des mains à plat fendant l'air, mépris hostile tirant les commissures vers le bas.

— Franchement y'a pas moyen, si t'as des choses à m'dire tu viens m'voir et voilà on s'explique mais ça s'fait pas passer par le prof franchement.

La classe désennuyée exultait. Je demandais en vain qu'on lève la main pour s'exprimer, prévenais que ceux qui le voulaient s'exprimeraient à condition de lever la main, rappelais que si personne ne levait la main, personne ne s'exprimerait. Jiajia et Mariama se prenaient à parti en passant outre ma médiation. Emportée, Jiajia était de moins en moins claire. Mariama lui reprochant de faire bande à part avec les trois autres Chinoises, elle a dit que ça ne la regardait pas, qu'elle se mettait avec qui elle voulait, qu'elle en retour ne reprochait pas à Mariama d'être grosse. J'ai pensé hou là là.

— Non, Jiajia, on ne s'insulte pas.

Mariama se renfrognant comme Obélix, j'ai entrevu une brèche de silence. De Maria, qui patiemment levait le doigt, j'espérais qu'elle apaiserait définitivement les esprits.

— Oui Maria, on t'écoute. On écoute Maria s'il vous plaît. Maria a levé la main, donc elle peut s'exprimer.

— M'sieur c'est la vérité qu'elles font bande à part. Une fois moi dans l'bus j'ai demandé à Jie si elle va sortir avec Alexandre ou quoi qu'ce soit, parce qu'on avait vu ils se parlaient tous les deux. Eh ben elle m'fait j'peux pas il est pas d'ma race.

Jiajia l'aurait étranglée, aurait continué à l'étrangler même morte.

— Mais c'est pas problème de toi, c'est problème elle.

Les répliques ont fusé de plus belle. Cette fois j'ai attendu qu'elles s'annulent mutuellement, et alors

— moi je crois que quand on accueille des gens, eh ben c'est à nous de faire deux fois plus d'efforts, parce que nous on connaît mieux les choses, et eux au contraire ils débarquent, ils sont en position de faiblesse, ils ont tout à apprendre. Vous vos parents se sont retrouvés dans la position où se trouvent les immigrés asiatiques, et je suis sûr qu'ils auraient apprécié que les gens qui étaient là depuis un certain temps, des gens comme moi disons, fassent des efforts pour les accueillir, deux fois plus d'efforts qu'eux pouvaient faire.

Ce disant, je m'émouvais, du verbe s'émouvoir. Eux hésitaient entre le sarcasme et l'adhésion. Khoumba aurait dit de belles choses sur la question. Au contraire, c'est Dounia qui a parlé.

— Et ceux qui z'ont quitté le bled y'a trois ans, comment ils font, m'sieur ? Ils aident ou c'est les autres qui aident ?

— Tu connais des gens comme ça ?

— Moi et mon grand frère.

— L'effort, c'est à celui qui est déjà là de le faire, voilà c'que j'pense.

Le beau regard de Boubacar a demandé l'assentiment du mien pour parler.

— M'sieur, c'est difficile aussi.

— Pourquoi c'est difficile ?

— Ben c'est difficile parce que des fois ils parlent mal français.

Le pâtissier a appelé Véronique. Le pâtissier l'a appelée.

— Bamoussa, pourquoi est-ce qu'on met –ée à la fin ?

— Parce que Véronique c'est une fille.

— Oui mais tu n'as pas tout dit.

Enhardi par la première question, il paniquait sur la deuxième. Qui indifférait totalement Djibril, autrement préoccupé.

— M'sieur pourquoi dans les exemples c'est toujours Véronique et jamais, j'sais pas, Fatimah ou quoi qu'ce soit.

— C'est joli Véronique, comme prénom. Non ? Véronique Jeannot elle était jolie.

— ???

Né le 15 août 88, Mohammed n'a pas oublié de s'en mêler, bandeau Swade pour éponger nulle sueur.

— Fatimah aussi c'est joli. C'est le prénom de ma grand-mère, m'sieur. Elle fait des gâteaux, m'sieur, sur ma vie c'est les meilleurs gâteaux du Maghreb.

— Dans ce cas, ceux qui veulent mettre Fatimah mettent Fatimah. Vous pouvez même mettre Brigitte, Naomie ou Robert, moi c'qui m'intéresse c'est que vous mettiez –ée à la fin du participe.

Bamoussa était tout bouleversé.

— Mais m'sieur si c'est Robert ça prend pas –ée, parce que c'est un garçon.

— Ah pardon, oui bien sûr, vous m'embrouillez avec vos histoires. Donc on met Fatimah, Brigitte, Naomie, mais pas Robert. Qu'est-ce qu'il y a Hakim?

— On peut mettre Delphine?

— Non, pas Delphine.

Le ciel sur la tête.

— Ben pourquoi?

— Parce que. Delphine, c'est pas possible. Dans mon cours, il ne sera jamais question d'une Delphine, ou alors il faudra me passer dessus.

Je courais vers la machine à café, on m'a hélé, c'était Alyssa en survêtement Timberland bleu marine bandes blanches. Alyssa, dont je venais de congédier la classe avec deux minutes d'avance pour un café vers quoi je courais au moment où elle m'a hélé en survêtement Timberland bleu marine bandes blanches.

— M'sieur, j'voulais vous demander, c'est quoi un point-virgule?

Un café sans sucre, à faire crier les papilles.

— Ben tu vois bien ce que c'est un point-virgule. C'est un point et en dessous une virgule.

— C'est comment on l'utilise j'demande. Vous êtes trop bête m'sieur des fois.

Sans sucre et bien chaud.

— J'vous ai déjà expliqué comment on l'utilise.

— Oui mais j'ai pas compris.

Et bien fumant.

— Ben c'est moins fort qu'un point et plus fort qu'une virgule, voilà.

— Ben oui mais c'est quand on l'utilise ?

— Alyssa j'suis désolé mais là j'ai rendez-vous avec un parent, on verra ça une autre fois.

— Quand ?

Trois mètres plus loin, centrale nucléaire menaçant d'irradier la capitale en explosant, Sandra s'agitait, se fichait de ses seins cahotés sous le tee-shirt, perdait et relevait son bas de survêtement noir à bandes jaunes, interpellait les filles, provoquait les garçons, a couru à la rencontre de Michael et Hinda qui s'étaient isolés un temps et revenaient maintenant vers le gros des troupes. Le premier pleurait et s'écartait de la seconde qui ressemblait à je ne sais plus qui et venait manifestement de lui mettre une veste de chez râteau. Sandra a pris Michael dans ses bras, disant faut pas pleurer pour ça. Hinda se retenait de sourire, donc ne souriait pas, le temps était sombre, un jour le soleil trouerait l'ombre de la cour intérieure et le café je le prendrais court.

— On passe à Mezut.

Le U a eu un soupir unanime. Line a parlé pour les autres.

— Qu'est-ce qu'on va en faire de lui?

Le U unanime a muettement répondu rien à ce qui n'était pas une question.

— Il va pas bien, en plus.

— Oui, il pleure des fois.

Le CPE Serge savait des choses qu'il ne pouvait pas dire.

— Je crois qu'il y a des petits problèmes de violence avec le papa. La mère a déjà porté plainte pour elle et j'me demande dans quelle mesure le fils y est pas passé aussi.

Le principal n'a pas laissé le silence glacé se dilater.

— Il demande quoi?

— Seconde générale.

La conseillère d'orientation psychologue a coupé court à la stupeur unanime.

— Évidemment, en disant ça il ne se rend pas compte, c'est à nous de lui trouver une place plus conforme à ses capacités. Un apprentissage, quelque chose comme ça.

— Le problème c'est que lui il voudrait faire du commerce.

— Dans la cour de récré il pourrait prendre des leçons de commerce, ici.

Rictus satisfait de Julien auteur du bon mot, rires honteux de son auditoire sauf le principal qui a relancé la conseillère.

— Il y a de la place pour tout le monde en seconde. Un apprentissage dans le commerce, ça existe ?

— Oui oui ça s'appelle CFA commerce, ou apprentissage unité commerce. En gros c'est s'occuper des rayons dans un Franprix, c'est génial.

Elle avait dit c'est génial et signifié le contraire par une grimace. Le principal a dit que c'était déjà ça, et qu'il faudrait l'aider pour le remplissage de son dossier d'orientation, et que pour le reste eh bien c'était terriblement triste.

Je n'avais pas été prévenu de l'arrivée d'un transfuge, et lui ne s'était pas présenté. Il venait de s'installer au fond à gauche, à la place laissée vacante par Souleymane. Je lui ai fait signe de venir au bureau, Mafia Law sur son polo manches longues.

— Tu vas m'écrire sur une feuille ton nom, ton prénom, le collège d'où tu viens et ton adresse, d'accord ?

J'ai élevé la voix à l'attention des vingt-quatre

autres, aussi bruyants que s'ils se disputaient trois chaises.

— J'aimerais que ceux qui sont debout s'assoient.

— Ils vont pas faire le contraire.

C'est Mohammed-Ali qui avait marmonné ça. J'ai souri grimace et plissé les yeux genre c'est malin.

— Sortez une feuille et écrivez en haut et en majuscules « correction de la rédaction sur le souvenir de petite enfance ».

J'ai rendu les copies. Zheng n'avait que 15. Gibran a éteint son rire de je ne sais quoi et demandé si la note comptait pour le deuxième trimestre. J'ai dit oui, mais ce n'est pas le moment de calculer sa moyenne, plutôt de sortir une feuille pour prendre la correction. Katia n'avait pas de feuille, en a demandé une à Faiza qui s'était teint les cheveux en rouge, s'est levée pour la lui donner, et au passage Sophie la lui a chipée pour la remettre à Soumaya qui, voyant Katia lui subtiliser son agenda en monnaie d'échange, en a appelé à mon arbitrage.

— M'sieur ça s'fait pas.

— J'suis pas puériculteur.

Sandra branchée sur le secteur court-circuité par une centrale a dit que sa grande sœur était puéricultrice. Hakim a dit qu'on s'en foutait de ta sœur, et Sandra a dit que tu ferais mieux de t'occuper de la tienne parce que tous les soirs elle traîne avec des maquereaux. Chacun ayant hérité de sa copie, j'ai lu la rédaction d'Amel qui évoquait sa jalousie à la naissance d'un petit frère. Aigri par son 5, Haj marmonnait.

— Si on avait rien à raconter, comment on pouvait faire?

— Moi j'suis sûr que tout le monde a quelque chose à raconter.

Il bougonnait.

— Qu'est-ce vous voulez j'raconte?

— Je suis sûr qu'en cherchant tu trouves.

Il maugréait.

— J'vais pas raconter c'que j'fais, le collège tout ça, c'est nul.

— Mais ça peut être très intéressant le collège.

Il boudait.

— Non, c'est nul.

La sonnerie en a envolé vingt d'un coup. Restaient Sandra qui chantait en secouant son bourrelet, Hinda qui ressemble à je ne sais plus qui en mieux, Soumaya à qui poussaient des boutons printaniers et le nouveau qui m'a remis sa feuille de renseignements. Il s'appelait Omar, avait dix-sept ans et un tuteur.

— Tu as fait l'autobiographie avec ta prof de français d'avant?

— C'était un monsieur.

— Tu as fait l'autobiographie avec ton prof de français d'avant?

— J'sais plus.

— Tu as compris au moins ce que c'était?

— C'est quand ils racontent leur vie et tout.

— Pourquoi t'as changé de collège, t'as déménagé ?

— J'ai été exclu.

— Ah. Et maintenant tu vas te mettre à bosser ?

— Oui.

Wenwu et son père se sont assis de l'autre côté du bureau. J'ai retourné le bulletin vers le père pour le lire avec lui, puis me suis ravisé à temps. Le parcourant seul, je parlais à Wenwu qui parfois traduisait, et le plus souvent ne traduisait pas. Nous nous disions des choses déjà exprimées seul à seul. Quand est venu le moment de prendre congé, le père a fait un signe de tête en souriant et joignant les mains, Wenwu a dit au revoir une première fois pour le père, une seconde fois pour lui.

— Au revoir Wenwu.

Une femme les a croisés qui, en s'asseyant, s'est présentée comme la mère de Mezut. Son beau front se plissait continûment.

— Moi je comprends pas, vous voyez. C'est vrai, bon, Mezut pour lui de pas voir son père c'est dur, et c'est vrai il a aussi sa famille en Suisse et aussi en Turquie qu'il ne voit pas, mais à part ça il a ce qu'il faut. C'est vrai aussi il ne voulait pas venir dans ce collège, il voulait rester avec ses copains là-bas dans le douzième, mais quand nous avons déménagé j'ai dit pas question prendre le métro, alors je l'ai inscrit ici, et c'est vrai, bon, c'était un peu dur pour lui, mais je crois ce n'est pas ça le problème, le problème je crois c'est dans la tête, des fois je me dis ça.

— Je comprends.

— Je crois Mezut il est un déprimé vous voyez, et moi je me demande si il faut il voit un psychologue ou quelque chose vous voyez, parce que je crois c'est dans la tête, vous voyez, surtout lui il ne dit rien, c'est vrai il est gentil, même si ça va pas il va pas le dire, et il accumule des choses et j'ai l'impression qu'il est déprimé, pas déprimé mais pas bien, et moi je comprends pas, son père pourtant il le voit plus je comprends pas.

— Je comprends. Il faudra revenir pour qu'on en parle.

La suivante était blonde comme son fils, pour autant je ne l'ai pas identifiée.

— Je suis la maman de Kevin.

— Oui oui, je me souviens bien, asseyez-vous je vous en prie. C'est bien de passer parce que j'ai plein de choses à vous dire.

Elle s'est assise. Je lui ai montré le bulletin, en plantant l'index sous la note de maths. Elle comprenait, il avait toujours eu du mal avec le calcul, elle comptait demander au grand frère de l'aider davantage au troisième trimestre, et est-ce que Kevin mange en classe ?

— Mange en classe c'est-à-dire ?

— Des chips, des choses comme ça.

— Vous me demandez si Kevin mange des chips en classe ?

— Voilà, c'est ce que je voulais savoir.

— Écoutez je ne vois pas tout mais je ne crois pas.

Elle n'a pas relevé la réponse.

— Parce qu'en fait il a pris dix kilos cette année et moi je ne le vois jamais manger, alors je me demandais où il pouvait bien les avoir pris.

— Je comprends.

— Et c'est vrai que bon moi je suis toute seule alors je peux pas être toujours derrière lui, quand je suis au péage c'est pour la journée le temps de revenir, alors c'est peut-être à ce moment qu'il mange, dix kilos en un an vous vous rendez compte ?

— Oui.

— C'est sûr qu'avec son père ça se serait pas passé comme ça, et d'ailleurs quand il va chez lui en vacances il a tendance à remaigrir, parce que son père il l'emmène à la pêche au canal et comme ça il traîne pas à la maison ou après l'école vous voyez ?

— Oui.

— La pêche il adore ça, enfin ça dépend, du moment qu'on l'aide un peu et qu'il ramène

quelque chose, parce que quand il a rien il des-
serre pas la bouche pendant trois jours, remar-
quez ça nous fait un peu de répit, quoique c'est
pas trop qu'il est bavard le problème, c'est plus
qu'il lui arrive de dire des choses qu'il doit pas
dire alors moi je lui dis tu vois ça Kevin c'est des
choses qu'on doit pas dire et alors il me dit oui
je sais je les dirai plus et le lendemain c'est
reparti il les redit alors qu'on doit pas les dire
et moi je lui dis si un jour tu dis ça à ton patron
tu verras ce qu'il te dira c'est pas vrai c'que
j'dis ?

— Si.

Habiba n'en revenait pas.

— Tout le livre les phrases elles commencent
par je me souviens ?

— Oui oui, tout le livre.

Branchée sur deux centrales, Sandra n'a pas
demandé la parole.

— J'pourrai le lire, m'sieur ?

— Sûrement pas.

J'aurais voulu ne pas sourire, mais son désar-
roi était tel qu'en découvrant quelques dents
je lui ai fait comprendre que oui bien sûr elle
pourrait le lire, qu'elle le comprendrait et l'ai-
merait parce qu'elle était douée pour la vie.
Mohammed-Ali tirait la capuche de Hakim, qui

avait renoncé à l'en empêcher. En aucun cas Haj ne lirait en entier ce livre de malade.

— Les gens ça leur rappelle leur époque c'est pour ça, mais sinon c'est nul.

J'ai rebondi. Pédagogie, réactivité.

— À ce propos, ces souvenirs ils sont globalement de quelle époque, à votre avis ? Mohammed-Ali, laisse cette capuche tranquille et dis-moi plutôt de quelle époque datent ces souvenirs.

— J'sais pas. 1985, par là.

— La télé était en noir et blanc en 85 ?

— J'sais pas moi.

— Tu sais pas, mais en faisant un peu tourner ton cerveau, tu pourrais peut-être savoir. Et les autres pareil. Ça vient pas comme ça.

Ça ne venait ni comme ça, ni autrement. Même à Zheng, tendue vers la lumière, ça ne venait pas. J'avais mal dormi.

— Il y a un souvenir notamment qui devrait vous mettre la puce à l'oreille.

Hakim s'était rabattu la capuche pour en finir.

— Ça veut dire quoi, m'sieur ?

— Ça veut dire quoi quoi ?

— La puce j'sais pas quoi.

— La puce à l'oreille, c'est ce qui nous permet de trouver. Il y a un souvenir qui devrait vous permettre de trouver, et Hakim tu as le droit d'enlever ta capuche, comme ça Mohammed-Ali sera pas tenté.

Aucune puce dans aucune oreille. Il fallait lâcher un indice. Pédagogie.

— Par exemple « je me souviens du premier concert de Johnny Hallyday ». Ça vous dit rien, ça ?

À Haj, né le 13 septembre 89, ça ne disait rien.

— Nous on sait pas c'est quoi la date quand il a commencé.

— Y'a moyen de trouver pourtant.

— Oui mais on s'en fout d'sa tête à lui.

J'ai commencé à m'énerver.

— Mais moi aussi j'm'en fous qu'est-ce tu crois ?

— Vous c'est votre génération.

Je m'énervais.

— Ah bon ? Johnny c'est ma génération ?

— J'sais pas moi, il est vieux.

— Il est vieux comment ?

— J'sais pas, cinquante.

— Et moi j'ai quoi ?

— J'sais pas, mais si vous savez c'est quoi son âge ça veut dire vous étiez né.

— Oui, bien sûr, en fait Johnny c'est mon fils.

Reprenons.

— T'as pas vu les affiches l'an dernier, partout dans Paris ?

— Quoi, les affiches ?

— T'habites à Paris, non ?

— Ouais.

— Et t'as pas vu les affiches « Johnny fête ses soixante ans » ?

— J'm'en fous d'lui.

J'étais énervé, pédagogie.

— Mais moi aussi j'm'en fous, qu'est-ce tu crois ? Simplement il se trouve que j'habite à Paris et les affiches elles étaient partout. Et s'il a soixante ans, il a dû commencer dans les années soixante, vu qu'en général ils commencent à vingt ans les chanteurs. Et donc le premier concert de Johnny Hallyday, on peut penser que c'est les années soixante, OK ? OK les autres ?

Vaguement OK, les autres.

— Mohammed-Ali, si tu es amoureux d'Hakim embrasse-le sur la bouche, mais laisse sa capuche tranquille, ça nous fera des vacances.

Trente

Un homme de trente-trente-cinq ans fumait une cigarette dénuée de mélancolie, tasse posée sur le comptoir en cuivre. Le serveur en livrée l'a entendu murmurer un au revoir pour personne et tout le monde.

Dehors, le jour largement déplié a laissé apercevoir une grappe d'élèves au-delà du boucher chinois. Après l'angle, ils piétinaient autour d'un ballon en mousse devant la porte en bois massive ouverte en grand. Il faisait plus frais dans le hall, puis sous le préau carrelé, et à l'ombre des murs de la cour intérieure, et derrière la porte bleue Valérie consultait ses mails. Gilles était arrivé plus tôt pour des photocopies.

— Salut.

Il a élevé la voix au-dessus du duplicateur qui dégoisait des triangles jumeaux.

— Ça me fait chier d'être là, mais à un point t'imagines même pas.

Sur le tee-shirt qui pendait aux genoux de Léopold, deux elfes s'empoignaient.

— J'ai pas envie de reprendre c'est grave.

Les premiers élèves se faisaient entendre dans la cour. Julien entrant avait bronzé sans marques de lunettes.

— C'est dur de revenir, dis-donc.

Le duplicateur ne cesserait peut-être jamais de dégoiser.

— Attends mais moi t'imagines même pas à quel point ça me fait carrément chier d'être là.

— Oh, il reste pas tant de jours que ça à tirer.

J'avais mal dormi.

— Trente.

Dico tardait à s'engager dans l'escalier à la suite des autres.

— Dépêche-toi.

— Pfffh.

Un étage plus haut, Djibril a décoiffé de son bonnet printanier Mohammed, lequel a aussitôt armé une gifle que son agresseur a esquivée d'un pas de côté dans l'élan duquel il a bifurqué vers le couloir du premier étage. Ne le voyant pas revenir, j'ai accéléré le pas vers le palier pour jeter un œil sur la droite. Pas de Djibril. Je me suis avancé jusqu'à la porte coupe-feu du fond, derrière laquelle pas de Djibril non plus. J'ai pensé qu'il avait gravi l'escalier de secours pour nous rejoindre au deuxième étage.

— C'est le prix à payer.

La voix m'était connue et venait d'un renfoncement obscur. L'homme s'en est détaché pour se figer à deux mètres, plantant son regard au fond de mon cerveau.

— C'est le prix à payer. On ne peut pas vouloir le nombre et ne pas vouloir le désordre. On ne peut pas vouloir à moitié. Il faut juste mieux dormir et continuer à vouloir.

À nouveau il lui manquait un bras, le droit.

— Il faut être moderne absolument.

— Oui.

J'essayais de dominer le marteau-piqueur.

— Ça s'appelle comment quand on dit le contraire de ce qu'on pense tout en faisant comprendre qu'on pense le contraire de ce qu'on dit?

Sous le regard enamouré d'Indira, Abdoulaye a fait une grimace d'ulcère au cerveau.

— M'sieur elle fait mal à la tête votre question.

La lèvre de Mezut était encore rouge d'avoir saigné.

— C'est quoi la question, m'sieur?

Mera avait changé de lunettes et investi le premier rang.

— C'est pas l'ironie?

— Ben si, c'est complètement ça. Quand le narrateur dit les esclaves étaient traités plus humainement par les Européens que par les chefs africains parce qu'ils les attachaient aux chevilles et pas au cou, c'est de l'ironie. Faites-moi une phrase ironique.

Polo 63 à bâbord.

— Oui, Bien-Aimé ?

— Vous êtes beau.

— Merci, mais la phrase ironique ?

— Vous êtes beau.

— OK, je vois, merci pour moi.

Mera avait changé de place, de lunettes, mais pas de trousse Kookaï.

— Demain le prof de français sera absent, oh quel dommage.

— OK, c'est ma fête. Oui, Tarek, à toi de me casser.

— Cette année on a fait beaucoup de dictées en français.

De sa place au premier rang, Mezut a jeté quelque chose dans la corbeille.

— Mezut, on demande pour faire ça.

— C'est mon stylo rouge, il fuit.

Une main d'Alyssa tenait son crayon mordu jusqu'à la mine, l'autre était pointée vers le ciel prêt à s'ouvrir.

— M'sieur à la télé ils disent toujours ironie du sort, on sait pas ça veut dire quoi.

— C'est un peu particulier ça, ironie du sort. L'ironie du sort, c'est quand on a l'impression que le destin se moque des humains. Par exemple je suis en train de me noyer, et c'est mon pire ennemi qui me sauve la vie. Tu vois ?

— C'est un peu comme une vengeance en fait ?

— Voilà. Enfin non, pas vraiment. Mettons qu'un footballeur jouait dans un club et il a été licencié par ce club, et l'année suivante il joue dans une autre équipe, et il rencontre son ancien club, et il marque trois buts, et alors le journaliste il va dire : ironie du sort, machin a fait perdre ses anciens coéquipiers. Tu vois mieux ?

— C'est c'que j'disais, c'est un peu comme une vengeance.

— Non non, pas vraiment. Disons que l'ironie du sort c'est un peu spécial. D'ailleurs l'expression est souvent mal utilisée.

— Pourquoi ?

— Parce que justement c'est un peu spécial.

Marie s'est signalée à tout le monde.

— Il faut que tout le monde sache une chose. Tout le monde a tendu l'oreille.

— La maman de Ming, qui est en quatrième, est sous le coup d'un arrêté d'expulsion. Elle va être jugée la semaine prochaine, elle risque d'être renvoyée en Chine.

Danièle soufflait sur une pièce de cinq centimes.

— C'est dingue, ça fait trois ans qu'elle est là, la famille.

— Oui mais tu sais ce que c'est, un jour ils décident de faire des fournées de clandestins, et elle est tombée dedans.

— Pas le père?

— Non, pas le père. Alors qu'il est exactement dans la même situation. Enfin tu vois le genre.

Tout le monde voyait le genre.

— Ce que je propose c'est d'abord qu'on se cotise pour payer au moins en partie l'avocat, parce que les honoraires c'est bonbon. Et ensuite qu'on se démerde pour aller au procès, histoire d'influencer un peu.

Sous le château médiéval du tee-shirt long de Léopold saignaient les lettres de Devil Forever.

— Et Ming, il partirait aussi?

— On sait pas. A priori non.

Médiéval, avec des flammes qui débordaient des créneaux.

— C'est vraiment horrible parce que Ming franchement c'est la grande classe.

Marie a disposé une enveloppe sur la table centrale, pour que tout le monde y glisse sa contribution. Tout le monde a contribué. Géraldine était embêtée.

— Bon, moi je voulais annoncer que j'étais enceinte, mais j'attendrai un autre moment.

Des exclamations enthousiastes ont transformé le report en prétérition.

— J'avais même acheté des chocolats.

Elle a dénoué le ruban d'un parallélépipède en carton doré, l'a présenté à ceux qui se trouvaient dans un rayon proche, et la grâce lui est tombée dessus.

— Je souhaite deux choses : que la maman de Ming soit sauvée, et que mon enfant devienne aussi intelligent que Ming.

Le texte évoquait une grève de mineurs. Finissant de le lire beaucoup plus fort que le marteau-piqueur, Sandra a tout de suite enchaîné.

— M'sieur ça sert à quoi le charbon ?

— Avant c'était le principal combustible.

Boucles d'oreilles en plastique triangulaires. Noires.

— C'est quoi combustible j'sais pas quoi ?

— C'est ce qui brûle.

Elle était seule à ne pas dormir. Le texte était nul, les questions proposées par le manuel trop dures. Je me suis jeté sur la date du jour.

— Qu'est-ce qui s'est passé d'important le 10 mai ?

Quelques nez ont relevé la tête, s'interrogeant.

— Le 10 mai 81, ça vous dit rien ?

Les nez étaient des flaques en histoire contemporaine.

— Le 10 mai 81 il s'est passé deux choses, et on peut dire que l'une a un peu effacé l'autre.

Née le 3 janvier 1989, Aissatou s'activait les neurones sous son bandana noir.

— Un attentat ?

— À l'époque il y en avait pas autant que maintenant. La mode c'était plutôt le disco.

1981 ne réveillait personne. Ni Sandra qui avait disparu, et dont je ne réaliserais que plus tard qu'elle avait traversé le mur.

— Bon le 10 mai c'est aussi l'anniversaire de ma sœur mais ça on s'en fout un peu.

Soumaya a poussé un cri de pétasse.

— Elle a quelle âge votre sœur m'sieur ?

— Devinez.

Des nombres ont fusé, qui allaient de douze à cinquante-deux.

— OK, j'vous dirai ça une autre fois. Le 10 mai 81, François Mitterrand a été élu président de la République, et Bob Marley est mort. Évidemment on a pas parlé de Bob Marley parce que l'élection de Mitterrand c'était quelque chose de très important à l'époque.

— Il est mort comment, m'sieur, Bob Marley ?

— Il est mort quand il a vu que Mitterrand était élu.

— C'est vrai ?

— Complètement vrai.

Poussées peut-être par le remugle d'orange, deux feuilles se sont échappées du casier juste ouvert. Deux fiches incident rédigées par Chantal, ai-je vu les ayant ramassées.

Lieu : salle 102. Date : 10/05. Relation des faits reprochés : Mariama se lève sans mon autorisation pour aller jeter quelque chose à la poubelle. Je lui signale qu'elle ne doit pas se lever sans mon autorisation. Elle me regarde droit dans les yeux et me rétorque : « Ah bon ! je ne savais pas. Mais c'est trop tard maintenant de toute façon. » L'insolence de cette élève m'oblige à réclamer une sanction car son comportement et ses bavardages incessants deviennent une véritable nuisance pour le bon déroulement du cours.

Lieu : salle 101. Date : 10/05. Relation des faits reprochés : Je demande à Dico de se taire pour la nième fois. Il marmonne : c'est bon ! elle me casse les couilles celle-là... Ce comportement associé à des bavardages sans fin deviennent une nuisance sonore. Je demande que Dico présente ces excuses et soit au minimum collé car son comportement devient ingérable.

Adossé à son siège molletonné, le principal m'a fait signe qu'il n'en avait plus pour longtemps. De fait, une minute après il se levait pour congédier un adulte et Vagbéma.

— Il faut que vous compreniez que ce conseil de discipline n'intervient qu'après toutes les tentatives de ramener Vagbéma à la règle, et que, quelle que soit la sanction prise après-demain, elle le sera dans un but éducatif.

L'adolescent regardait ses baskets sans lacets, l'adulte a failli me heurter, encore aveuglé par les mots du principal qui, s'adossant à nouveau, m'a désigné le fauteuil qu'avait occupé son hôte.

— C'est pour le deuxième brevet blanc ?

— Oui, voilà le sujet, il n'y a plus qu'à le photocopier.

Par-dessus le bureau en ébène, il a attrapé les feuilles agrafées. Y a jeté un œil.

— Marguerite Duras, c'est bien, ça. Vous aimez, Duras ?

— Non mais bon.

— J'ai vu la pétition pour la maman de Ming. Espérons que ça pèse un minimum.

La secrétaire Zineb est apparue dans l'embrasure, boucles d'oreilles en plastique bleu.

— Notre cher Mahmadou voudrait récupérer son bonnet, qu'est-ce que je lui dis ?

— Vous lui dites qu'il fasse la demande par écrit, et qu'il signe.

— Il dit qu'il en a besoin maintenant.

— Dans ce cas, vous l'informez qu'il fait 28 degrés.

Il a glissé les sujets de brevet dans une chemise étiquetée « cantine ».

— Ça se passe bien le nouveau en troisième 3 ?

— Oui. Il fait rien mais il est calme.

— Vous savez pourquoi il est là ?

— Non, à vrai dire.

Il a eu l'hésitation de l'écolier faussement embarrassé avant d'avouer une connerie à sa gloire.

— Oh, maintenant, j'peux vous le dire.

Il a fait trois pas pour pousser la porte et s'est assis à côté, tout près de mon oreille. Il pouffait dans son col de chemise verte, cravate noire.

— En fait, il a un vice malencontreux.

Sa voix a décru jusqu'au murmure.

— Ce jeune homme a pris la méchante habitude de se masturber en classe.

— Ah ?

— Oui, son truc à lui c'est la masturbation.

Il en pouffait encore.

— Alors son éducatrice m'a appelé hier et elle a eu une drôle de façon de m'informer de tout ça. Elle m'a dit qu'il fallait se méfier parce qu'il était extrêmement mûr.

On a frappé, c'était la secrétaire.

— Mahmadou dit que la demande par écrit lui prendra trop de temps, et que s'il ne récupère pas son bonnet dès maintenant il aura des ennuis.

— J'arrive.

Il a attendu que la porte soit refermée.

— C'est ça notre grand problème, on a des élèves trop mûrs.

Tous les membres conviés étaient présents dans la salle de permanence redisposée pour la circonstance, sauf l'intéressé. Sa mère le représentait.

— Je l'appelle depuis tout à l'heure, mais son téléphone est fermé. Il m'a dit qu'il viendra pourtant.

Le principal a exposé les charges retenues contre l'élève. Huit faits graves depuis le début d'année, autant dire un par mois. Il a conclu en demandant une exclusion définitive. Ainsi Vagbéma aurait la possibilité de se reconstruire ailleurs, et par la même occasion de prendre ses distances avec son frère jumeau Désiré. Il y a de la place pour tout le monde dans le système éducatif.

L'éducatrice en charge du dossier a fait valoir que la cécité du père donnait à ses fils un sentiment d'impunité, qu'il ne faisait tout ça que pour vider sa souffrance, qu'en primaire Vagbéma avait l'habitude de se retourner pour pleurer quand on le sermonnait.

Une parent d'élève a allégué que d'être en cinquième 1 l'avait sans doute perturbé. Bastien a rétorqué qu'il était pour beaucoup dans le fait que la cinquième 1 soit une classe perturbante.

La mère s'était heurtée encore trois ou quatre fois à la messagerie de son fils. Elle a pris la parole qu'on lui donnait, dit qu'il fallait lui laisser une chance, qu'il ferait une bonne quatrième, qu'elle l'enverrait au pays pendant l'été, que là-bas habitaient des cousins éducateurs qui s'occuperaient bien de lui. C'était tout ce qu'elle avait à dire, on l'a priée de sortir pendant la délibération. Bien qu'elle ait refermé la porte derrière elle, le principal a pris un ton confidentiel.

— Je me dois d'apporter une précision pour que vous ayez en tête toutes les données du problème. Je me suis un peu entretenu avec le papa hier pour préparer ce conseil de discipline et, en fait, ce monsieur est persuadé que son fils est envoûté. Il en a également l'intime conviction concernant son fils aîné, qui est aussi passé entre nos murs et qui avait en effet un comportement infernal.

Nous avons voté l'exclusion définitive.

Ange aux ailes déployées sur le tee-shirt long, Léopold se réjouissait.

— En gros, il reste plus aucune semaine complète.

Valérie consultant ses mails avait une oreille dans le dos.

— Comment ça ?

— Ben regarde, là y a le pont, la semaine prochaine y a une grève, la semaine d'après le lundi est férié, enfin bon y a toujours un truc.

Sur l'écran Valérie avait cliqué sur répondre puis tapé « vivement la plage » suivi de trois points d'exclamation. Pour Géraldine ce serait des jumeaux, Line était la dernière à l'apprendre.

— C'est super.

— Oui, mais sur le coup tu t'demandes c'qui t'tombe dessus.

L'ange de Léopold riait d'on ne sait quoi, et peut-être était-ce un mauvais ange, un ange du genre exterminateur, sa bonté n'était que de façade, il était descendu sur terre pour en raser l'engeance humaine suspecte de trop de bonté mais pour l'instant Marie ne s'inquiétait pas de cette échéance.

— L'avocate est payée, c'est déjà ça.

— Ah ?

— Elle dit bien que plus on sera nombreux au procès, plus ça peut peser. Donc j'ai demandé à ce qu'on annule les cours à l'heure où ça aura

lieu, histoire qu'on soit un maximum de collègues.

— Et avec les élèves, on fait un truc?

— Ben j'y avais pensé, mais le problème c'est
que je suis pas sûre que Ming ait envie qu'ils
soient au courant, tu vois. Faudrait lui demander, en fait. Tu les as, aujourd'hui?

— Je les ai maintenant, je vais lui demander.

Dans la cour les tee-shirts écrasaient la concur-
rence. Abdoulaye s'est rangé bien après mon
invitation à le faire.

— M'sieur il fait trop chaud, on a qu'à faire
cours dehors.

— Tu veux un coca aussi?

— Vous charriez trop m'sieur.

Ming montait les marches devant. Le mieux
aurait été que je lui demande de s'arrêter là,
et qu'on parle. Je lui aurais dit c'est vraiment
terrible ce qui t'arrive, mais on en est là tu sais,
on en est là parce que c'est terrible, et aussi
parce que tu es admirable, tu es un diamant, tu
es la preuve de la vie, ton cerveau c'est un chef-
d'œuvre et ton âme aussi, est-ce que ça te gêne
qu'on mette au courant les élèves pour qu'ils
fassent aussi quelque chose de leur côté en vue
du procès? Ming m'aurait écouté en regardant
le sol, comme il fait quand il se concentre pour
comprendre, et il aurait compris, et il m'aurait
dit que oui c'est un peu gênant, mais qu'il n'y a
rien à perdre, alors oui merci.

Au deuxième étage, j'ai déverrouillé et laissé

entrer le gros de la troupe qui riait de je ne sais quoi. Quand Ming est passé à ma hauteur il m'a dit bonjour. J'ai dit ça va ? Il a dit beaucoup et vous ? J'ai dit très bien. Une fois installés, j'ai demandé qu'ils sortent leur cahier de grammaire pour corriger les fonctions de l'adjectif.

— Comme prévu, j'ai avec moi vos dossiers d'orientation. C'est les dossiers que vous aurez à remplir et qui seront étudiés en commission. C'est là que vous allez faire vos vœux définitifs. Alors, comment remplir ? Bon, vous avez en gros deux cadres, on s'occupera pas du troisième qui est spécifique et ne vous concerne pas. Le cadre A c'est pour les vœux concernant les lycées professionnels, le cadre B c'est pour la seconde générale et technologique. Pour le cadre A, vous avez le droit à quatre vœux dans l'ordre de préférence. Donc vous mettez par exemple secrétariat en premier vœu, et en face le lycée où vous aimeriez suivre ce cycle-là. Après vous passez au deuxième vœu, par exemple broderie, et pareil vous mettez le nom du lycée qui va avec, ainsi que ses coordonnées que vous trouverez dans la brochure « Après la troisième » qu'on vous a distribuée en décembre. Et ainsi de suite. Vous avez le droit de faire quatre fois le même vœu de domaine professionnel, mais on vous conseille d'élargir le choix pour avoir une solution de remplacement au cas où on vous refuserait votre premier vœu. Pour le cadre B, pareil, quatre vœux, mais cette fois vous ne mettez pas un domaine, puisque justement c'est une seconde indéterminée. Vous mettez juste les deux enseignements de détermination que vous voudriez suivre en prévision de la première que vous espérez intégrer. Si par exemple vous vous orientez vers une première technologique industrielle, il est évident que c'est inutile de faire du latin en seconde, inversement c'est pas la peine de faire MPI en seconde si vous pensez faire une première littéraire, et cetera et cetera. Et alors en face de ces deux enseignements de détermination, vous inscrivez le nom et les références du lycée dans lequel vous voudriez les suivre, évidemment pour ça il faut d'abord s'assurer que le lycée en question les propose bien. La différence avec le cadre A, c'est qu'à part pour le premier choix vous êtes obligés de demander un lycée du secteur. Bon, les secteurs qu'est-ce que c'est ? En tout vous en avez quatre qui correspondent en gros à Ouest, Est, Nord et Sud. Nous c'est l'Est, c'est-à-dire, retenez-le bien, le premier le deuxième le troisième le quatrième le dixième le onzième le douzième le vingtième arrondissement et évidemment le nôtre ; donc en gros vous êtes obligés de demander un lycée dans le secteur, c'est comme ça, sauf pour votre premier choix, là vous pouvez choisir un établissement hors secteur. Et pour ce qui est de savoir quel cadre remplir, pour ça vous vous basez sur l'avis rendu par le conseil de classe. Si on vous a dit OK pour le général, vous remplissez le cadre B, si on vous a dit non pour le général ou oui pour le professionnel, vous remplissez le cadre A. Et si on vous a dit doit faire ses preuves pour le général, vous remplissez les deux, voilà, c'est très simple.

Dico montait vers la classe, à la traîne des autres mais devant moi. Le doublant sans le regarder, je lui ai dit d'accélérer, il a marmonné qu'il s'en battait les couilles. Après un temps de pseudo-réflexion je me suis figé puis retourné vers lui, l'index à hauteur de son nez et il louchait pour le toiser.

— Tu me parles pas comme ça, toi.

— Quoi ? j'm'en fous moi.

Il était bloqué, a cherché à continuer, je l'ai retenu par le bras, il a haussé le ton.

— Vous m'touchez pas comme ça.

— J'te touche pas si tu t'arrêtes.

— Vous m'touchez pas comme ça c'est tout.

— J'te touche pas si tu t'arrêtes, et d'abord tu m'donnes pas d'ordre.

Il était au bord d'exploser, mes jambes flageolaient.

— C'est bon lâchez-moi.

— Qu'est-ce qu'il y a, t'es énervé ? L'autre jour tu disais qu'j'avais la rage contre toi, mais on dirait qu'c'est toi maintenant.

Il a monté une marche pour me défier.

— Bon OK, tu m'suis chez le principal.

La classe était redescendue d'un palier et s'était tassée quelques marches au-dessus. Djibril s'est détaché du lot et s'est interposé, repoussant son copain en le raisonnant comme dans un million cinq cent mille films.

— Djibril ça va le justicier, là. On a pas besoin de toi. Et les autres vous remontez, on est pas au théâtre là. Toi tu m'suis.

Couper le cerveau du reste, des jambes qui flageolent et du reste. Étonnamment, Dico m'a suivi, à quelques mètres cependant.

— Arrêtez d'marcher comme ça, pourquoi vous allez chez l'principal, pourquoi vous restez pas là ? P'tit pédé.

Je me suis planté au milieu de la cour, nos voix se marchaient dessus.

— Qu'est-ce que tu viens d'dire, là ?

— Pourquoi vous restez pas là ?

— Parce que j'veux m'débarrasser d'toi c'est simple, c'est archi-simple.

— Restez là si vous êtes un homme.

— Pourquoi ? Qu'est-ce tu veux qu'on fasse exactement tous les deux ? Tu m'attends là, tu bouges pas.

Marcher d'un pas ferme, éviter de lever les

yeux vers les fenêtres d'où la classe se délectait de la scène. La porte du bureau était ouverte et j'ai pu voir qu'une huitaine d'élèves y écoutait un sermon du principal. Je suis revenu vers Dico, assis maintenant sur un banc. Voix basse, penché vers lui, nez contre nez, cerveau coupé du reste.

— Le principal est occupé donc tu vas rester là. Et il est évident que j'veux plus te voir. Demain c'est férié et après demain c'est brevet, donc la question se pose pas, mais mercredi je veux pas te voir dans mon cours.

Mariama était descendue voir, ma rage lui est tombée dessus.

— Qu'est-ce qu'elle fait là, la concierge ?

— J'suis pas une concierge c'est bon.

— Remonte et fous-moi la paix.

Cerné de partout, Gilles a déposé les copies du brevet blanc sur la table ovale. Empilées avec les autres, j'ai commencé à les compter.

— Ça a été ?

— Ouais, bof. Nous en maths on est pas habitués à faire la dictée, quoi.

— Y'avait bien les instructions sur le bureau ? Lire une fois en entier, puis deux fois chaque segment, puis une autre fois en entier avant de ramasser.

J'ai recommencé le compte. Bronzé de partout, Julien a déposé le dernier paquet de copies. Son regard s'est arrêté sur Gilles.

— T'as une petite mine, toi.

— Ouais, et en plus on m'force à dicter.

— Moi j'ai fait comme les instructions disaient.

— Ouais mais bon. La prochaine fois j'demanderai aux profs de français de rédiger le sujet de maths, on verra leur tête.

J'ai recommencé à compter. Marie rameutait les troupes.

— Pour le procès de demain, surtout vous faites noter dans les carnets que vous serez absent.

Sa tête masquant celle du paysan en prière, Claude a interpellé Julien.

— T'as ta mute il paraît ?

— Ouais. À Royan.

— C'est l'pied dis-donc.

Valérie n'arrivait pas à changer l'encre de la photocopieuse.

— C'est pas une ville avec des remparts, Royan ?

— Si si.

— C'est bien, ça.

— Oui mais nous on va s'installer hors les murs. Pleine vue sur la mer, on va pas se faire chier. Ça t'ferait du bien, Gilles.

— En plus tu vois, moi j'zozote un peu, alors

t'as qu'à voir les élèves, ils se gênent pas pour te le faire remarquer quand tu dictes.

J'ai recommencé à compter.

— Ah ?

— Ouais, j'sais pas. À un moment y'a une histoire de pelisse dans ta dictée. Bon ben moi j'dis peliche, tu vois, et comme les élèves savent pas c'que c'est ils demandent de répéter, et à chaque fois c'est pire.

— Soixante-treize. Putain il m'en manque une.

— Tu t'es peut-être planté en comptant.

— J'vais recommencer.

Enfin, Monsieur le Président, je me permets d'apporter au dossier le document ci-devant. Il s'agit d'un mot rédigé par les enseignants du collège où Ming, le fils de madame Zhu, est scolarisé dans les conditions les plus normales qui soient. En effet l'ensemble de l'équipe pédagogique, dont une grande partie se trouve ici même aujourd'hui, a tenu a faire valoir le fait que Ming avait fait en trois ans des progrès impressionnants, et que son retour en Chine serait un terrible coup d'arrêt à un processus d'intégration exemplaire. Au risque de m'égarer dans des considérations qui n'ont pas cours entre ces murs, j'ajouterai qu'une telle unanimité a achevé de me convaincre de défendre un dossier qu'a priori, comme vous-mêmes, j'aurais jugé indéfendable. Merci.

— Déjà, ça parle d'une fille, enfin non c'est son journal en fait, mais genre une fille comme nous tous, t'as vu, pareil, super-normale, style elle va à l'école, elle s'ennuie tout ça, elle s'fait tuer par ses renps quand elle a une vieille note, enfin comme nous tous, t'as vu, et c'est pour ça on a trop peur, on s'dit ça pourrait nous arriver, t'as vu.

Sandra branchée sur trois centrales avait demandé à présenter un livre à la classe. J'avais dit L'Herbe bleue, d'accord, oui oui je l'ai lu, oui oui c'est très bien. Nous avions échangé nos places, elle au tableau, moi au fond. Ses bras levés découvraient par intermittence un nombril qui était l'œil de son bourrelet.

— Un jour elle va dans une fête, et c'est la première fois alors elle sait pas trop comment faire, t'as vu, et puis finalement elle se met dans l'ambiance, elle danse et tout et à un moment elle prend du coca mais dans le verre il y avait du speed et elle elle le savait pas, t'as vu, alors elle commence à délirer, truc de ouf, style elle voit des machins qu'existent pas et tout, j'vous jure la vie d'ma mère c'est trop bien raconté, t'as vu, mais bon le problème c'est qu'du coup elle va rentrer dans tout ça, elle va commencer à tout prendre, t'as vu, du shit, de l'héroïne, tout, elle va complètement péter les plombs en fait et ça ça fout les boules parce que j'vous dis c'est une fille mais super-normale quoi, et à la fin alors ça j'ai pas compris, à la fin ils disent qu'elle est morte une semaine après avoir écrit la dernière page. Ça veut dire c'est une histoire vraie, m'sieur ?

— Pas forcément. Même quand on dit que ce manuscrit a été retrouvé machin dans un vieux coffre machin, ça peut être une invention aussi. Pour ce livre-là, je sais pas. Mais l'important c'est que ça puisse arriver, comme tu l'as dit.

Une réminiscence a éclairé le visage d'Imane.

— Ah oui, ça veut dire c'est invraisemblable.

— Non, le contraire : vraisemblable. C'est peut-être inventé, mais semblable au vrai.

— C'est des incorrections dont il faut absolument se débarrasser en vue du vrai brevet dans trois semaines et c'est très simple parce qu'en fait il suffit d'y penser, vous voyez ? Par exemple, je rappelle qu'à l'écrit l'adverbe « trop » veut dire trop, ça paraît fou comme ça mais en fait l'adverbe veut exactement dire ce qu'il veut dire, donc c'est un sens plutôt négatif. Quand à l'écrit je dis « cet homme est trop généreux », ça veut dire que la générosité de l'homme en question est excessive, et que d'une certaine manière elle pourrait se retourner contre lui. Alors qu'à l'oral, en tout cas tel que votre génération le pratique, trop beau veut dire très beau, et c'est positif, exclusivement positif, « il est trop beau » veut dire il est extrêmement beau et je l'adore, vous voyez ? Sinon je rappelle que « en train de » s'écrit en trois mots et non pas en deux. Presque tout le monde rattache « en » et « train ». C'est un détail mais ça se corrige facilement. Pareil pour « eh bien » avec un h, que tout le monde écrit « et bien », avec un t, si si je vous assure, à chaque fois vous faites la faute, et vous êtes pas les seuls. Bon, je reviens un peu sur l'oralité, je rappelle que c'est pas parce qu'on vous demande d'écrire un dialogue qu'il faut écrire comme on parle, vous voyez ? D'ailleurs, on arrive jamais à écrire comme on parle, c'est impossible, tout ce qu'on peut faire c'est donner une impression d'oralité, c'est tout, alors on évite de commencer les phrases par « franchement », on évite de dire « on » pour « nous », on évite d'utiliser « sérieux » comme adverbe, comme vous faites en permanence à l'oral. C'est comme ça, y'a des choses qui doivent rester de l'oral, par exemple là je viens de dire « y'a des choses », et à l'oral on dit toujours « y'a » plutôt que « il y a », mais à l'écrit, même quand c'est un dialogue, on écrit « il y a », c'est comme ça, il suffit d'y penser et si vous y pensez pas, eh bien on peut pas dire que ça retire des points mais ça vous aide pas, et là vous voyez je viens de dire « vous y pensez pas, et ça vous aide pas », eh bien à chaque fois j'ai négligé de mettre le « ne » de négation. Pourquoi ? Parce que je parle, parce que c'est de l'oral, et qu'à l'oral il est rare qu'on mette le ne de négation, sauf quand on affecte un langage soutenu, vous voyez ? Mais à l'écrit, on le met. Dans n'importe quel cas de figure, on le met, on vérifie toutes les négations et on ajoute ne ou n apostrophe. Toujours le faire, même si soi-même on trouve pas ça important.

Le U s'éventait avec un chemisier bâillant ou un cahier de notes. À travers les fenêtres ouvertes en grand, un oiseau étonnamment sifflait L'Internationale. Au sommet du U, le principal paraphait les bulletins et les empilait sur un angle de sa table.

— On passe à Djibril.

— Oh là là çui-là.

— Quoi, il s'est agité depuis le deuxième trimestre ?

— Non, mais les lacunes c'est fou.

— Oui, beaucoup de lacunes.

— On se demande comment il est arrivé jusqu'en quatrième.

Le principal déteste ce genre de remarque. N'en laisse rien voir. Blague.

— Eh bien, je suppose qu'il est passé du CP au CE1, puis du CE1 au CE2, puis du CE2 au CM1, et ainsi de suite.

Jacqueline ne blague pas.

— Oui mais là c'est plus possible, il faut lui trouver autre chose. Une troisième professionnelle ce serait jouable ?

C'est à la conseillère d'orientation psychologue qu'on s'adressait.

— Oui, je lui en ai parlé. Le problème, c'est qu'il n'a aucune idée de ce qu'il pourrait faire dans le domaine pro. Ça ne correspond pas du tout à ses goûts. Je n'crois pas qu'il fasse partie des élèves qui auraient besoin de toucher à du plus concret. Au contraire, il est très abstrait. Les tests de capacité avec lui ça donne de drôles de résultats. Ça oscille entre le confondant et le génial.

Depuis l'enfance, Luc n'a jamais laissé passer une occasion de déconner.

— Ça s'trouve c'est un surdoué, personne s'en est rendu compte.

Une onde de ricanement a parcouru le U, bloquée net à la place du principal dont le corps n'est pas conducteur de cette énergie.

— S'il n'a pas de projet, on peut pas l'envoyer dans une troisième à option professionnelle.

— Dans ce cas, il redouble.

— Vous pensez que ça changerait quelque chose ?

Pour Gilles, rien ne changerait rien.

— Une troisième normale, c'est pas possible franchement.

Comme décidé par un claquement de doigt, un courant d'air violent a repoussé la porte contre le chambranle et fait s'envoler le bulletin de Mezut qui, propulsé un mètre au-dessus des têtes, y a fait un ou deux loopings, puis entamé une lente descente en planeur jusqu'à l'endroit exact d'où il avait décollé, entre les avant-bras nus et bronzés du principal.

Tout le monde écoutait Valérie.

— Là-bas, les salaires sont supérieurs de 1,53 % par rapport à ici.

Enroulé autour d'un bâton, le serpent du tee-shirt de Léopold s'efforçait d'hypnotiser Rachel. Les seins de Géraldine grossissaient à proportion de ses jumeaux. Line a pris place dans le cercle irrégulier.

— Où ça ?

— À la Réunion, j'ai eu mon affectation hier.

— Ouah, la chance.

— C'est clair. Là-bas les impôts sont plus bas de 30 %.

Claude a pris place dans le cercle irrégulier.

— Où ça?

— À la Réunion, j'ai eu mon affectation hier.

— Ouah, le pot.

— C'est clair. La TVA est moins chère aussi. Mais bon faut voir que l'essence c'est très élevé, là-bas.

Bastien a pris place dans le cercle irrégulier.

— Où ça?

— À la Réunion, j'ai eu mon affectation hier.

— Ouah le bol.

Découragé par les lunettes de Rachel, le serpent de Léopold s'est reporté sur Gilles, lui disant

— aie confiance.

— Confiance en qui? Tu m'fais marrer.

— Confiance en moi, ça suffit.

— J'ai confiance en personne.

Marie a pris place dans le cercle irrégulier, sobrement défaite.

— Bon, le verdict est tombé, on a perdu.

— Ah?

— C'était prévisible, dans ce genre de dossier y'en a un sur cent qui s'en sort. Mais l'avocate y croyait.

Tout le monde s'était détourné de la néo-Réunionnaise.

— C'est définitif?

— Il y a un appel. Ça fait gagner du temps mais bon.

— Et Ming qu'est ce qu'il va faire?

— Il va attendre, comme tout le monde.

Content de son coup, le principal m'avait happé dans son bureau avec des airs de conspirateur.

— J'ai obtenu que les profs qui corrigeront le brevet ici ne corrigent que les élèves de ce collège.

— Ah ?

Content de son coup.

— Comme ça, vous comprenez, ils compareront pas avec les copies d'un collège disons mieux loti, ils n'auront que des copies d'ici, ce qui permettra de hausser les résultats, vous voyez le truc ?

— Jolie ruse.

— Oui, je dois dire que je suis assez content de mon coup. Un café ?

Trois pas jusqu'à la machine puis sa cravate pendait au-dessus des tasses.

— Non parce que sinon vous comprenez les bonnes copies d'ici, à côté des bonnes copies d'ailleurs, eh bien c'est tout con mais elles paraissent moyennes. Fort, le café ?

— Oui.

— Bon, ça changera pas la face du monde autant que le nez de ma grand-mère, mais on sait jamais, ça peut relever un peu le pourcentage.

Le surveillant Mohammed est apparu dans

l'embrasure, avec à ses côtés un tee-shirt où bondissait un puma.

— Je peux vous confier cet individu ?

— Et que nous vaut l'honneur de sa visite ?

— Hier il nous a dit avoir été tapé par trois élèves, et aujourd'hui qu'on lui demande les noms, il dit qu'il s'est cogné contre le mur.

— Bon merci, assieds-toi Cheikh-Omar. Alors comme ça on se cogne tout seul ?

Ledit s'est assis, une bosse voyante au milieu du front. Il suivait des yeux la petite cuillère principale.

— Oui.

— C'est vrai qu'ici c'est tout petit, forcément si on fait pas attention on va dans le mur.

Surveillant Mohammed, deuxième.

— La petite sixième qui a fait une crise d'asthme, on la laisse rentrer chez elle ?

Le décideur a décidé que oui, et m'a pris à témoin en baissant la voix.

— En fait de crise d'asthme, c'est une allergie au pollen, mais passons.

Sa cuillère avait cessé de touiller, les prunelles de Cheikh-Omar ne bougeaient plus.

Ils venaient de copier le sujet de rédaction et gribouillaient en attendant de trouver quoi dire. Raconter la première rencontre avec un ami en vous en tenant à votre point de vue. Chirac saura-t-il tirer les conséquences de ce deuxième échec électoral en trois mois, ou choisira-t-il de se cacher derrière l'abstention encore une fois massive lors d'un scrutin européen ? Plus que jamais des questions se posent et il faudra bien que Jiajia a levé le doigt.

— Monsieur, derrière il m'tape.

Derrière était Dico.

— Pfffh n'importe quoi celle-là.

— Écoute c'est marrant moi j'ai un peu tendance à la croire, j'sais pas pourquoi. Dico qui frappe quelqu'un on est un peu tenté d'y croire.

— C'est n'importe quoi j'l'ai pas touchée j'm'en bats les couilles d'elle.

— Si c'est ça tu vas aller te battre les couilles dehors.

Il s'est levé en repoussant la chaise d'un coup de fesse brutal. J'ai affecté de me replonger dans Métro. Il a méticuleusement tardé à ranger ses affaires. Engageant son pas vers la porte, il a lancé un stylo dans la nuque de Jiajia. Je l'ai rejoint sur le palier.

— Tu m'suis chez le principal.

Très vite, je l'ai distancé qui traînait les pieds derrière. Je me suis accroupi pour refaire mon lacet afin qu'il me rattrape et dépasse. Il m'a rattrapé et dépassé.

— N'importe quoi l'autre, il r'fait son lacet p'tit pédé.

Je l'ai doublé dans la cour, il s'est planté sur place.

— Pourquoi on va dans l'bureau là?

— Tu crois qu'on peut frapper les gens comme ça et après il s'passe rien?

Il a commencé à crier.

— N'importe quoi j'l'ai pas frappée c'est n'importe quoi d'dire ça.

— Lancer un stylo ça s'appelle comment?

— C'est pas ça frapper, frapper j'vais vous montrer moi c'que c'est.

— Ah ouais tu vas m'montrer?

— Ouais j'vais t'montrer.

J'ai repris la marche vers le bureau, il me suivait ce con.

— Tu sais tu peux m'tutoyer tant qu'tu veux, j'm'en fous complètement, mais alors complètement tu peux pas savoir.

— Ben ouais j'te tutoie, si j'veux j'te tutoie.

Nous étions de nouveau immobiles devant la porte du bureau, l'un près de l'autre.

— Mais puisque j'te dis que j'm'en fous qu'tu m'tutoies.

— Moi j'men fous j'te tutoie, pourquoi on va là d'abord?

— Et toi pourquoi tu viens encore au collège? C'est la fin d'l'année, là, personne ira t'emmerder pour les absences, qu'est-ce que tu fais à venir encore nous emmerder?

— Mais ouais, c'est ça.

— Tu sais pourquoi tu viens encore? Tu viens

parce que tu sais rien faire d'autre. Parce que sinon tu t'emmerdes.

— C'est bon arrête de m'parler.

— Et tu sais pourquoi tu t'emmerdes? Parce que ta vie c'est rien. Parce que t'as une pauvre vie.

— Et la tienne elle est mieux?

— Ouais, la mienne elle est mille fois mieux qu'la tienne à v'nir au collège parce que t'as rien à faire d'autre. Moi au moins j'passe pas ma vie dans un lieu que j'peux pas sentir.

— Vas-y c'est bon arrête de m'parler.

— Et tu sais aussi pourquoi tu viens? Parce que t'es pas fort. T'es pas assez fort pour pas venir.

— Parce que toi t'es un guerrier?

— Ouais j'suis un guerrier.

— Ouais c'est ça t'es un guerrier.

— Exactement.

J'ai ouvert la porte. Le principal était juste là debout, soignant un élève qui saignait du nez.

— J'vous apporte le Dico du jour.

En guise d'incitation, j'ai passé un bras dans son dos, l'effleurant d'une main. Il a explosé, a commencé à crier en tournant sur lui-même, cheval dans son box avant l'orage. Jusque-là indifférent, le principal est intervenu.

— Calme-toi, Dico.

Je surjouais la décontraction procédurière.

— Dico a frappé une élève, j'ai jugé bon de vous l'amener.

Il a crié encore plus fort.

— J'l'ai pas frappée, pourquoi il dit ça lui, arrête de dire que j'l'ai frappée j'en ai ras l'bol moi laissez-moi maintenant c'est bon j'me casse moi.

Il a donné un coup de pied dans une chaise dont le dossier a valsé jusque sur le bureau de la secrétaire qui avait peur. Dico s'est dirigé vers la porte, a forcé ma pseudo-résistance sans aller au bout de son geste, si bien qu'il ne faisait pas vraiment quelque chose que je ne l'empêchais pas vraiment de faire. Et c'est mal à propos que le principal a dit

— laissez-le passer, c'est mieux.

Il s'est rué vers la cour intérieure plutôt que vers la sortie. Pendant que je ramassais le dossier de chaise en disant tout va bien à la secrétaire dont la bouche béait, le principal avait rattrapé l'autre con et obstruait son accès à la cour intérieure, montrant du doigt la sortie du collège via le préau.

— Non non non, tu vas pas par là, tu vas par là-bas.

Je me suis approché pour ne pas faire celui qui se tient à distance. L'index du principal pointait toujours la massive porte en bois.

— Si tu veux partir, tu pars vraiment, et voilà. Nous de toute façon on veut plus t'voir.

Il a traversé le préau, s'est enfoncé dans le hall puis a disparu derrière la porte en bois massif.

C'était premier février 2001, j'étais en cours des mathématique, ma grand-mère elle venait de m'annoncer que j'allerai faire des études en France. Elle a dit tu es grand garçon Ming. J'étais très content mais parfoit j'étais triste parce que j'allerais quittait mes grand-parents et mes amies. Après un long temps d'avion, j'arrivais en France. C'est un pays libertin et humanité. Six mois j'étais inscrit au collège Valmy, c'est un collège bien propre. J'étais en classe d'accueil et ce n'était pas que moi seul, il y avait d'autres élèves chinois que je ne les connaissais pas. Ma place était à côté de Jacky; c'était une personne très gentil et qui aimait bien parlé. Pendans des jours d'échange, on devint des amis. Il est Pakestan, c'est un pays qui est à côte de Chine. Il était en France plus de deux ans que moi et il parlait beaucoup mieux que moi le français. Il y avait un an qu'on était dans la même classe, et en deuxième année j'ai changé de l'école, c'était ici, c'était le collège MOZART. Mais on avait toujours communiqué dans le téléphone.

C'était trop calme. Nul mouvement ne divertissait du lieu. Les murs se rapprochaient les uns des autres et broieraient tout le monde.

— Hakim tu dois savoir ça toi : c'est quand exactement le match d'ouverture ?

Il a relevé le nez de sa feuille, interrompu dans son décompte des scènes de l'acte II.

— C'est samedi. À dix-sept heures. Portugal-Grèce.

Aissatou, bandana noir et un planétarium en-dessous.

— M'sieur vous êtes pour qui vous ?

Je me suis avancé dans le rang et n'ai répondu qu'une fois adossé à l'armoire du fond.

— Moi j'suis pour l'Espagne.

Faiza aurait-elle la vie qu'elle rêvait ?

— Même pas vous êtes pour la France ?

— Ben non, pas vraiment.

Hinda ressemblait à je ne sais plus qui et les lettres d'Inaccessible barraient sa poitrine.

— Sur la vie de ma grand-mère du bled ils sont trop beaux les joueurs de l'équipe de France.

Soumaya a crié comme si on lui avait arraché son portable en pendentif.

— T'es malade dans ta tête, ils sont trop cheums.

Zidane avait trop une tête de macaque avec ses cheveux. Mais on s'en foutait comment il est, l'important c'était il joue bien c'est tout, et même il s'rait tout vert de partout c'est pareil t'en as rien à foutre comment il est, si c'est un martien ou il pue la merde ou quoi que ce soit. Ouais mais quand même ils sont trop beaux. L'Angleterre ils sont plus beaux c'est pour ça moi j'suis pour eux. L'autre elle m'fait golri c'est tous des cheums avec des vieilles têtes, on dirait ils ont été ratés dans le ventre de leur mère. Beckham il a été raté dans le ventre de sa mère ? si Beckham il a été raté mais toi mais c'est même pas la peine que t'es née. Henry lui il est trop beau. Tu rigoles sa tête elle est même pas droite, ça fait crary il est sorti par le cul. Comment elle est sa tête on s'en bat les couilles pardon m'sieur.

— C'est pas grave.

Les ventres de Géraldine et Sylvie étaient maintenant de grosseur égale, la première ayant rattrapé son retard sur la seconde du fait des jumeaux. S'il s'agissait de garçons, elles les appelleraient Léo, Lucas, Clément. S'il s'agissait de filles, Léa, Marguerite, Manon. Chantal n'était pas enceinte et a déboulé furieuse avec les seins en avance sur le reste.

— C'est inadmissible de supporter ça. Y en a deux qu'ont ouvert ma salle de classe et qui m'ont traitée de grosse pute, c'est agréable j'te jure.

Jean-Philippe secouait la tête d'accablement.

— Y en a, il faudrait carrément leur dire de plus venir à partir des conseils. C'est comme pendant le ramadan, ils feraient mieux de rester chez eux.

Géraldine a pensé que c'est sans doute plus dur de jeûner en restant chez soi, puis a dit que

— c'est les cinquième 1 à qui on devrait interdire de venir !

Léopold aurait signé des deux mains.

— On peut rien pour eux, c'est comme ça c'est comme ça.

— Écoute, y'a pas à culpabiliser. Comme disait ma mère, on fait pas des étalons avec des chevaux de labour.

— Moi l'année prochaine je prends pas de quatrième, tu peux me croire.

Sylvie s'est tournée vers moi avec un petit air malin que j'ai détesté.

— Toi qu'as toujours des quatrièmes, tu vas pouvoir les découvrir. On verra de quel bois tu te chauffes.

— Ouais, exactement, on va voir de quel bois je me chauffe. Des quatrièmes j'en prendrai deux, pour être bien sûr de tomber sur un maximum de chieurs. Les chieurs, je vais commencer par les calmer et après j'en ferai des élèves à l'aise en grammaire et inventifs en rédaction. Moi les chevaux de labour, j'en fais des étalons, c'est ma spécialité. Je suis un génie de la didactique, moi. J'ai inventé la pierre pédagogeale, OK ?

Dans la cour un essaim de filles de troisième grouillait autour de Rachel.

— Ça s'fait pas franchement madame.

— Franchement ça s'fait pas madame.

— Madame ça s'fait pas franchement.

Du regard Rachel m'a dit je ne sais plus quoi faire, ce matin je leur ai proposé que chacun laisse une trace dans le collège sur ce mur. Le problème c'est que la moitié ont peint les lettres de leur pays d'origine, l'heure d'après j'ai été obligée de demander aux sixièmes de les effacer, et voilà c'est la troisième guerre mondiale.

— Franchement c'est abuser madame.

— C'est abuser franchement madame.

— Madame c'est abuser franchement.

Sur le mur, une vingtaine de mains de couleurs multiples empiétaient les unes sur les autres. Ici et là, des prénoms, des motifs divers, des lexèmes cryptés, et effectivement quelques barbouillis qui avaient eu vocation à recouvrir quelque chose, ce dont Rachel peinait à se justifier.

— Des noms de pays dans un établissement laïc, c'est pas possible, c'est tout.

Soumaya fulminait à l'écart.

— C'est ça. En fait vous voulez on mette France et voilà. Mais moi si j'veux mettre Tunisie j'mets Tunisie, vous voulez tout le monde il est comme vous c'est pas bien ça.

Salimata argumentait davantage en arrachant les feuilles d'une branche basse.

— Franchement madame ça s'fait pas demander aux sixièmes d'effacer Mali et Sénégal et tout ça, c'est comme si vous effacez les élèves ça s'fait pas.

Rachel avait de tout petits pieds dans ses tongues roses érotiques.

— J'vous ai prévenus avant, j'vous ai dit pas de pays.

Katia avait des chaussures roses aussi, mais des Converse avec All Star écrit dans un rond sur la cheville.

— M'sieur, vous êtes d'accord ça s'fait pas effacer les élèves.

— J'sais pas si ça s'fait, mais y'avait pas plus original à peindre que le nom d'un pays? Moi en l'occurrence, si on m'vait demandé de faire un truc qui me représente, j'aurais pas écrit France ou Vendée, vous voyez.

All Star.

— Ça veut dire quoi en locurance m'sieur?

— C'est un pays. Y'a des gens qu'habitent en Locurance.

— Tout l'temps vous charriez m's'ieur, ça s'fait pas.

— En l'occurrence, ça veut dire là, dans ce cas, dans cette situation, maintenant, entre ces murs, en l'occurrence sur celui-là.

Depuis le début, Aissatou écoutait sans prendre parti. Exactement sous le soleil, les oreilles dressées, concentrée sur tous les termes du débat. Toute ma vie je me souviendrai d'Aissatou.

— Alors vous auriez mis quoi m'sieur ?

— Je sais pas. Le nom d'un chanteur que j'aime bien. Ou d'un sportif. Ou d'un écrivain. J'aurais mis Rimbaud, tiens.

— C'est qui ?

— C'est quelqu'un de ton âge.

Près des toilettes, Soumaya était un boxeur qu'on empêche de combattre.

— La prof elle dit expression libre mais on peut même pas mettre qu'est-ce qu'on veut, c'est pas de l'expression libre, ça pue la merde c'est tout.

Rachel était transie d'impuissance. Pourtant, Salimata avait un peu ravalé son ressentiment.

— M'sieur, c'est quoi le truc vous avez dit tout à l'heure ?

— Quoi le truc ?

— J'sais pas, vous avez dit France et puis un autre truc, j'sais pas.

— J'ai dû dire France et Vendée.

— Voilà. C'est quoi c'truc vendée là ?

— C'est un département. C'est là où j'suis né. C'que j'voulais dire, c'est que j'm'en fiche un peu, voilà.

— C'est loin ?

— Tu vois ce mur ? Eh ben c'est au-delà. Très très au-delà.

Katia est intervenue :

— C'est pas un peu chez les paysans, m'sieur ?

— Si, un peu.

Pour le dernier cours d'aide au travail personnel, je leur ai demandé une liste de vingt choses apprises pendant leur année de quatrième. Vingt choses qu'ils ne savaient pas et savent maintenant. Ils se sont mis au travail sans demander leur reste. Passant dans les rangs, tendant le cou par-dessus les épaules, je me suis rendu compte qu'ils ne satisfaisaient qu'incomplètement à la consigne.

— Contentez-vous pas de m'dire que vous avez appris le théorème de Pythagore. Il faut qu'vous me l'écriviez, aussi. Sofiane, j'ai vu que tu avais écrit les sans-culottes et rien derrière. Ça va pas du tout, il faut m'expliquer qui c'est ces gens. Surtout que deux lignes plus bas, tu me mets la Révolution française. Si ça se trouve y'a un lien.

Lisant la feuille de Mody après qu'il me l'eut rendue au bout d'une demi-heure, j'ai dû constater qu'il n'avait pas rectifié le tir. C'était une succession d'intitulés de chapitres, toutes matières confondues, mais sans les connaissances précises qu'ils induisaient. Toutes les copies étaient dans ce cas, à l'exception de celle de Katia.

J'ai appris le théorème de Pythagore : dans le triangle ABC rectangle en B, on a : CA (au carré) = AB (carré) + CB (carré). J'ai appris le règne absolutiste, le règne de Louis XIV, le marché triangulaire : commerce établi entre les marchands européens, les esclaves noirs sont échangés contre les produits rares en Europe. En français j'ai appris la voix passive et la voix active, ex : le chien a mordu la petite fille, la petite fille a été mordue par le chien. J'ai appris comment on dit « il y a » en anglais : ago. J'ai appris des formules chimiques : Oxygène = O, Azote = N, Fer = Fe. J'ai appris du vocabulaire en espagnol : collège = colegio, il y a = hay, vivre = vivir, cachette = escondite, et aussi la conjugaison en espagnol, ex les terminaisons du présent : e-as-a-amos-ais-an. J'ai appris les verbes irréguliers anglais : sing sang sung = chanter ; drive drove driven = conduire ; meet met met = rencontrer ; be was been = être ; do did done = faire. Aussi le present perfect en anglais, ex : she has just driven the water = elle vient juste de boire de l'eau. J'ai appris qu'en physique, il faut toujours placer un voltmètre en dérivation. J'ai appris l'art cubiste : dessin où on a plusieurs points de vue.

Ming a fini après tout le monde, et ne m'a rendu sa feuille qu'au moment où les troisièmes, Gibran et Arthur en tête pouffant de je ne sais quoi, commençaient à entrer pour le cours suivant. Je la lirais le lendemain.

Quatrième c'est une plus importante année dans les collèges, donc on doit travailler plus dur et j'ai appris pleine de choses en quatrième. Le français c'est la plus difficile matière pour moi, mais j'ai travaillé durement donc j'ai appris des choses en français. Je capable de comprendre des petits livres, j'ai appris des vocabulaires que je ne savais pas avant. À cause de français je crois j'ai augmenté mon capabilité sur les rédactions. Le mathe ce n'est pas une matière très difficile pour moi. En mathe j'ai appris qu'est-ce que c'est le Pythagore : dans le triangle ABC rectangle en B, on a : CA (au carré) = AB (carré) + CB (carré). Le histoire c'est une difficile matière pour moi aussi, mais j'ai appris des choses aussi, je sais qu'est-ce que c'est le commerce triangulaire. C'est un commerce entre l'Europe, l'Afrique et l'Amérique, ils se échangent des tissus et des esclaves. Je sais c'est quoi les nouveaux appareilles communication en 19ᵉ siècle, c'est le télégraphe électrique et cable sous-marins. En anglais j'ai appris beaucoup de choses aussi. Je sais c'est quoi le present perfectif. C'est HAVE (au présent) + participe passé. Je sais aussi comment on fait le futur, c'est S + will + V + Comp. Et j'ai appris plein autre choses...

Le monde n'est qu'un égout sans fond où les phoques les plus informes rampent et se tordent sur des montagnes de fange.

— Alors ? C'est quoi ça comme figure de style ?

Mezut semblait n'avoir plus dormi depuis cent ans.

— Une proposition principale.

— Il y a une proposition principale dans cette phrase, tout à fait, mais ce n'est pas ce que je demande.

Alyssa aura tout mangé.

— C'est une métaphore.

— Oui. Et on dit qu'elle est filée parce qu'elle s'étire sur tout un champ lexical, celui-là on peut l'appeler champ lexical de la pourriture.

Sous l'offensive canine permanente, le crayon d'Alyssa avait fini par se tordre en point d'interrogation.

— Mais m'sieur c'est pas vrai qu'est-ce qu'ils disent.

— Qu'est ce qu'il dit, pas qu'est-ce qu'ils disent. Perdican il est tout seul à parler. Qu'est-ce qu'est pas vrai ?

— Le monde il est pourri et tout.

— Ah mais il ne dit pas que ça, justement. Regarde la dernière phrase : C'est moi qui ai vécu et non pas un être factice créé par mon orgueil et mon ennui.

— Factice on sait pas ça veut dire quoi.

— Factice ça veut dire faux, artificiel, mensonger. Mais pour bien comprendre le renversement entre une phrase et une autre il faudrait relire la tirade en entier. On le fera la prochaine fois, là je voudrais qu'on finisse le repérage des métaphores.

Alyssa était déjà en train d'avaler la tirade en bougeant des lèvres muettes. Djibril n'y avait pas jeté un œil de l'heure, ni ouvert la bouche sauf là, sans sommation, comme une bombe programmée et ponctuelle.

— D'façon c'est un collège de crevards.

— J'vois pas le rapport, Djibril.

Portable en pendentif.

— C'est un collège de crevards, c'est tout.

— Si c'est un collège de crevards, pourquoi tu continues à y venir, alors que tu sais très bien qu'à cette époque de l'année personne te demandera des comptes ?

Écusson Fédération malienne de football cousu au sein droit du maillot de satin.

— C'est tous des crevards, y'a pas à discuter c'est tout.

— Je discute pas, j'te dis qu'est-ce que tu fiches à encore venir dans un collège de crevards alors que personne t'y oblige ?

— J'fais c'que j'veux c'est tout.

— C'est pas ça qu'tu veux, justement. Tu

peux pas vouloir venir dans un collège de
crevards.

— D'où vous savez c'est quoi j'veux faire ?
C'est n'importe quoi c'est tout.

Il s'est levé. S'est enfoncé le bonnet de juin
jusqu'aux sourcils. A ouvert la porte sans bru-
talité. L'a refermée sans la claquer et c'est tout.

J'étais censé me tenir disponible dans une
salle du deuxième étage. J'espérais qu'aucun
élève ne viendrait pour réviser. It's something
unpredictable but in the end is right, I hope
you had the time of your life. À onze heures des
bruits de pas ont grandi dans l'escalier. Quatre
pieds. Deux paires. Katia et Sandra.

— Bonjour m'sieur.

— Vous voulez bosser ?

— Oui m'sieur.

— Asseyez-vous j'vais vous donner un exercice.

Elles se sont assises, j'ai donné un exercice
sur le conditionnel qu'elles ne feraient pas.
Elles venaient pour discuter, Katia excitée
comme une puce à Converse All Star et Sandra
branchée sur dix centrales.

— M'sieur on l'aura notre brevet ?

— Non.

— M'sieur faut pas rire avec ça, on l'aura ou pas?

— Ben si vous bossez un peu, vous avez des chances. C'est pour ça, c'est bien que vous soyez là.

Ont surgi essoufflés Hakim, Imane, Moham-med-Ali, Haj, Habiba, Aissatou. Et Hinda. Ils se sont assis sans sortir leurs affaires.

— M'sieur on peut faire un débat?

— Et le brevet, on s'en fout?

— Les débats c'est mieux.

— Oui, mais y'a pas de débat au brevet.

Ils ont commencé à parler du mariage homo-sexuel, les filles n'étaient pas contre, les garçons totalement, dont Hakim qui a fait une grimace dégoûtée en donnant son opinion. Aissatou réfléchissait, Mohammed-Ali a dit que c'est pas comme ça qu'on fait l'amour, Sandra a dit qu'au bled les filles elles se faisaient sodomiser pour rester vierges au mariage, t'as vu, c'était n'importe quoi, les mecs ils faisaient style ils veulent pas des filles vulgaires et eux c'est des animaux, t'as vu. Les filles elles se font recoudre même des fois, a ajouté Katia, même embrasser en public c'est pas possible au Maroc, a dit Hinda qui ressemble à je ne sais plus qui et Sandra l'a regardée en prenant un air coquin allusif.

— C'est pas comme en France, hein Hinda?

Elle a fait celle qui ne comprend pas pour que dure une allusion qui ne lui évoquait que du bonheur. Sandra insistait en faisant des yeux de mangeuse de pâtisserie.

— M'sieur Hinda elle est amoureuse.

— Ah ?

Prenant de la vitesse à mesure comme une turbine, Sandra était inarrêtable.

— M'sieur vous trouvez pas qu'elle est belle, Hinda ?

— Elle est très jolie.

Katia a fait oh là et a pris le relais.

— Vous trouvez pas qu'elle ressemble à Jenifer de la Star'ac ? Tout le monde le dit, moi j'trouve c'est trop vrai qu'elle lui ressemble.

La sonnerie les a fait machinalement converger vers la porte en continuant à discuter et me souhaitant de bonnes vacances entre deux phrases.

— À vous aussi. Mais il vous reste une semaine de révision, oubliez pas.

J'espérais qu'Aissatou, Sandra et Hinda me lancent un salut plus marqué, mais non.

— Tu parles d'une réunion, c'était bien la peine de nous faire revenir pour ça. Allez salut.

Jean-Philippe n'était pas content. Son sac à dos sans marque a disparu derrière la porte bleue. Sur le tee-shirt de Léopold un aigle pas engageant survolait les lettres de Rhapsody.

— Vous avez eu du monde hier aux révisions?

Marie venait de trouver la fonction recto verso sur la photocopieuse.

— Oui, une vingtaine d'élèves sur mes deux troisièmes.

— Dico était là?

— Non. J'pense qu'on le reverra plus lui.

Élise avait grossi.

— S'il veut son brevet, il a intérêt à être beaucoup moins nul qu'en physique.

Ayant posé le regard sur Élise pour l'écouter, Claude a enchaîné.

— Tu t'es bien reposée pendant ces deux mois?

— M'en parle pas. J'ai dormi, bouffé, bouffé, dormi. Le rêve. J'ai grossi d'ailleurs.

L'aigle pas engageant s'abattrait bientôt sur la lettre H.

— T'as pas fini, avec le repas de demain.

Claude avait regardé la taille d'Élise.

— Tu viendras, au moins?

Quatre-cinq kilos, avait pris Élise.

— Oui oui, bien sûr que je viendrai. Les profs, ça va. C'est les élèves, il m'faudra un peu d'temps avant d'être prête à les revoir.

Le H de Rhapsody n'avait plus que quelques minutes à vivre.

— Et la fête à la mairie, tout le monde y va?

Géraldine ne voulait pas savoir si ses jumeaux étaient des garçons, des filles, ou un mixte des deux. Les paysans peints derrière elle priaient debout pour la première solution. Cela ferait plus de bras.

— C'est quoi au juste cette fête?

Désormais on écrirait Rapsody.

— C'est un tournoi de foot, je crois.

J'avais mal dormi.

— Non, le foot c'est après-demain.

Les paysans priaient, priaient, les champs étaient secs, il n'y avait plus que ça à faire. Marie m'a pris machinalement la paire de ciseaux des mains.

— On est obligé d'y aller? Parce que moi le foot merci bien.

Inexplicablement, le duplicateur s'est mis en marche tout seul, crachant des feuilles blanches beaucoup plus lentement que d'habitude, une toutes les dix secondes, mais il semblait que cela doive durer indéfiniment, la même feuille vierge et inutile clonée à l'infini, et Léopold a tenté un geste réparateur puis renoncé à casser cette répétition, il ne pouvait que l'accompagner de la voix.

— Moi je travaillais pas le mercredi cette année, j'vais pas commencer maintenant.

Il n'irait ni à la fête ni au tournoi. Moi si.

Le principal ne suait pas dans sa veste grise des grands jours.

— J'ai peur qu'il n'y ait pas assez de chaises.

Il y en avait moins de trois cents en effet, remplissant un rectangle qui devait ses contours aux quatre murs de la grande salle à parquet vernis sur quoi crissaient six cents baskets de marques américaine, anglaise et allemande. Au fond, une scène occupait la largeur et attendait que le principal, maintenant juché sur elle à l'aplomb du lustre saturé de verroterie, obtienne le silence. Il n'obtenait que de récurrents larsens.

— Je vous ai beaucoup dit de vous taire pendant toute cette année. Je vous ai dit souvent des choses comme « taisez-vous » ou « calmez-vous », et aujourd'hui je suis obligé de le redire. Mais je voudrais aussi vous dire d'autres types de choses. Par exemple que vous avez du talent, que souvent vous nous l'avez montré. Que tout le monde ici peut réussir à condition de vouloir. Car on n'apprend que si on veut apprendre, que si ça s'inscrit dans un projet. Et c'est aussi parce qu'il croit en vous que monsieur le maire du dix-neuvième arrondissement a tenu à vous accueillir ici.

Claude suait en contrôlant sur le petit rectangle numérique la vie qu'embrassait l'objectif de sa caméra, à savoir le principal descendant de la scène sur fond d'allégorie de la République en fresque murale, Abdelkrimo et Fatih figurants à l'arrière-plan, Ming bien campé dans le champ et plus rien ne l'en délogerait, Frida lumineuse, Mezut sombre, Sandra traversant le champ en courant, Khoumba parfaite jusqu'au bout dans son rôle de m'ignorer, et un premier plan d'élèves s'éventant avec une feuille tirée du sac qu'ils ont posée sur leurs genoux pour applaudir Zaïna et Hélène qui, micros tenus mollement, se sont placées sous le lustre énorme pour jouer leur sketch introductif.

— Ben dis donc Zaïna, t'en fais une tête, qu'est-ce qui va pas ?

— Je sais pas danser, je sais pas chanter, je sais pas jouer du théâtre, je sais pas c'est quoi j'peux faire.

— Alors regarde les autres, tu vas voir ça va te plaire.

À ce signal, Alyssa s'est avancée sur le devant de la scène. Ainsi surélevée, elle mesurait quatre mètres, comme un point d'interrogation qui aurait grandi en mangeant toutes les questions qu'il avait ponctuées. Sa voix n'a pas tremblé.

— Adieu, Camille, retourne à ton couvent, et lorsqu'on te fera de ces récits hideux qui t'ont empoisonnée, réponds ce que je vais te dire : Tous les hommes sont menteurs, inconstants, faux, bavards, hypocrites, orgueilleux et lâches, méprisants et sensuels ; toutes les femmes sont perfides, artificieuses, vaniteuses, curieuses et dépravées ; le monde n'est qu'un égout sans fond où les phoques les plus informes rampent et se tordent sur des montagnes de fange, mais il y a au monde une chose sainte et sublime, c'est l'union de deux de ces êtres si imparfaits et si affreux. On est souvent trompé en amour, souvent blessé et souvent malheureux ; mais on aime, et quand on est sur le bord de sa tombe, on se retourne pour regarder en arrière, et on se dit : J'ai souffert souvent, je me suis trompé quelquefois, mais j'ai aimé. C'est moi qui ai vécu, et non pas un être factice créé par mon orgueil et mon ennui.

Elle s'est retirée sans saluer, remplacée par deux filles sans prénom sous le lustre fatigué de son poids. Sur une musique de guinguette elles ont commencé à s'agiter symétriquement autour d'une chaise, comme des assistantes de magicien à costume brillant, puis ont disparu sous les applaudissements qu'elles ne souhaitaient pas. Hélène et Zaïna sont réapparues, la seconde relançant le sketch.

— C'est ça qu't'appelles de la danse ? Mais attends c'est n'importe quoi ça, c'est pas d'la danse.

— Tu crois qu'elles peuvent faire mieux ?

— Tu m'étonnes.

— Tu crois vraiment qu'elles peuvent faire mieux ?

— Vas-y, tranquille elles peuvent faire mieux.

— Je crois qu't'as raison.

Une boîte à rythme a commencé à faire trembler le gros lustre éteint sous lequel, le touchant presque de leurs bras tendus vers les étoiles, les deux mêmes filles sans prénom sont réapparues. Elles avaient prestement troqué leur jupe à fleurs de tapisserie contre un bas de survêtement noir et un tee-shirt rouge moulant. Dans une parfaite synchronie, elles ont alterné ondulations et raidissements des membres, arabesques et saccades du cou, poussées impérieusement par le battement sourd et les mélopées aiguës de la chanteuse anglo-saxonne. Leurs pieds sautillaient sur les planches, le gros lustre mou tremblait.

Hakim, Michael et Amar revenaient du terrain d'un pas révolté.

— Collège pourri m'sieur.

Je me suis arrêté.

— Comment ça, collège pourri ?

Hakim portait le maillot de l'Algérie, Michael celui du PSG, leurs voix se marchaient dessus.

— On a gagné tous nos matchs et l'autre il nous disqualifie, ça s'fait pas m'sieur.

— Même pas il nous avait prévenus j'vous jure m'sieur c'est vrai, sur le Coran de La Mecque c'est vrai, même pas ils nous disent c'est une équipe par classe, c'est pour ça on a pris des troisième 2 avec nous, et l'autre il nous disqualifie, franchement y'a pas moyen.

— Moi j'fais c'est bon j'rentre chez moi, il m'fait c'est ça rentre chez toi, franchement m'sieur c'est d'la carotte.

— Ben oui mais si vous avez pas respecté la règle, qu'est-ce que vous voulez qu'il fasse le principal ? Où il est le terrain d'ailleurs ?

— C'est tout au fond, derrière le bâtiment gris.

Derrière le bâtiment gris, tout au fond, s'étalait le terrain. Une poignée de mes collègues et le principal avaient pris leurs quartiers derrière un but, autour et sur un banc de pierre. J'ai désigné d'un coup de tête le terrain où une équipe d'adultes affrontait des élèves.

— Qui est-ce qui joue contre nous, là ?

— C'est les quatrième 1. Ils sont vachement bons.

Juste à ce moment, Nassuif est parti du milieu de terrain, a levé la tête puis ouvert sur Baidi qui a juste allongé la jambe pour une pichenette au-dessus du CPE Serge qui jouait goal. La balle a rebondi lentement vers les filets. Ali est venu taper dans la main du buteur, et ils ont regagné leur camp en trottinant, deux dos alignés sous les gros nuages amicaux. Danièle se désolidarisait.

— Pour l'instant on mène d'un but mais ça va pas durer.

Le maillot du Maroc de Mohammed-Ali a bouché la vision de l'aire de jeu.

— M'sieur vous allez jouer ?

— Heu, non.

— Pourquoi m'sieur ?

— J'préfère regarder.

Il est reparti s'asseoir sur la bande de pelouse en bordure du match. Ali a renversé le jeu vers Cheikh-Omar démarqué à gauche. Qui s'est avancé pour frapper. Le ballon a décollé vers la cime d'un marronnier indifférent. Les sixièmes massés derrière le but ont fait oh. Le ballon est redescendu de l'arbre dans un bruit de feuilles, puis a roulé vers le terrain comme téléguidé.

D'un shoot impensé, le goal adulte l'a envoyé vers un gros nuage amical, qui a refusé de le garder et le ballon est échu à son homologue adolescent Jingbin, qui de la main l'a envoyé maladroitement à Baidi, qui a remonté vers le rond central et l'a transmis à Ali, qui a passé à Nassuif, qui a fait un grand pont sur le surveillant Mohammed et centré pour Cheikh-Omar, qui de la tête a projeté la balle dans la lucarne gauche de Serge, qui resté sans réaction a applaudi, imité par Danièle.

— Égalité. Encore un comme ça et c'est foutu.

Un sixième à casquette a lancé le ballon à Luc qui, boitant et se tenant la hanche, l'a ramené au centre du terrain. Cheikh-Omar était déjà prêt à bondir sur celui qui ferait l'engagement. Cette tâche incombait à Julien qui s'était attaché les cheveux d'un élastique et cherchait son souffle, courbé les mains sur les cuisses. Dans les buts d'en face, Jingbin avait la main à plat au-dessus des yeux pour se parer du soleil qui pétillait dans le ciel immense. Julien plié en deux reculait l'échéance, Baidi sautillait pour divertir son énergie.

DU MÊME AUTEUR

Aux Éditions Gallimard

UNE ANNÉE EN FRANCE (référendum/banlieues/CPE), avec
   Arno Bertina et Oliver Rohe, 2007

Aux Éditions Verticales

JOUER JUSTE, 2003
DANS LA DIAGONALE, 2005
ENTRE LES MURS, 2006 (Folio n° 4523)

Aux Éditions Naïve

UN DÉMOCRATE MICK JAGGER 1960-1969, 2005

COLLECTION FOLIO

Composition CMB Graphic.
Impression Maury-Imprimeur
45330 Malesherbes
le 18 juin 2008.
Dépôt légal : juin 2008.
1ᵉʳ dépôt légal dans la collection : mars 2007.
Numéro d'imprimeur : 138988.

ISBN 978-2-07-034290-7. / Imprimé en France.